KB102175

회사원 마스터 6

에바트리체 장편 소설

초판 1쇄 찍은 날 § 2015년 8월 31일
초판 1쇄 펴낸 날 § 2015년 9월 7일

지은이 § 에바트리체
펴낸이 § 서경석

편집책임 § 이창진

펴낸곳 § 도서출판 청어람
등록번호 § 제387-1999-000006호
등록일자 § 1999. 5. 31
어람번호 § 제1-2215호

주소 § 경기도 부천시 원미구 부일로 483번길 40 서경B/D 3F (우) 420-822
전화 § 032-656-4452 팩스 § 032-656-4453
http://www.chungeoram.com
E-mail § chungeorambook@daum.net

ⓒ 에바트리체, 2015

ISBN 979-11-04-90389-2 04810
ISBN 979-11-04-90281-9 (세트)

FUSION FANTASTIC STORY   에바트리체 장편 소설

회사원 마스터

Businessman Master

6

도서출판 청어람

목 차

제1장   기 싸움   7

제2장   노동조합   45

제3장   짜고 치는 고스톱   95

제4장   약혼식   153

제5장   협박   191

제6장   복수혈전   239

제1장

기 싸움

한경배 회장의 복귀 신고 이후.

청진그룹은 말 그대로 쳇바퀴 굴러가듯 빠르게 굴러가기 시작했다.

우선 한경배 회장이 복귀함으로 인해 청진전자 남우진 부사장이 빠르게 움직이기 시작했다.

그 밖에 반회장 세력들의 주축 인물들 또한 한경배 회장의 복귀를 견제하느라 바쁜 모습을 보였다.

그 증거로 한경배 회장이 만든 총괄기획부와의 기 싸움이 현재 청진그룹 내부에서는 상당히 화두가 되고 있었다.

"음⋯⋯."

영업 1팀 사무실 내부.

머리를 긁적이며 업무 지침 사항으로 내려온 서류 종이를 바라보던 황고수 부장이 옅은 침음성을 흘린다.

그러자 지나치던 남자 사원 한 명이 황 부장에게 친근하게 말을 걸어온다.

"무슨 일이신가요? 황 부장님."

"⋯총괄기획부에 관해서다. 영업팀 쪽 일 때문에 이러는 거 아니니까 괜히 쫄 필요 없다."

"하하, 저 안 쫄았습니다. 그것보다도 이제 정말로 조만간 그쪽으로 가시는 거군요."

"뭐⋯ 그런 셈이지."

정식으로 발령도 나왔겠다.

이제 더는 미룰 수가 없다.

사실 부서 이동이 발표되고 나서 계속 시간을 질질 끄는 것도 모양새가 안 좋다. 기왕이면 시간 차를 두지 않고 바로 이동하는 편이 좋겠지만.

한경배 회장의 복귀 덕분에 총괄기획부 부서 이동 이전에 처리해야 할 일들이 산더미처럼 쌓여 있었기 때문에 섣불리 함부로 부서 이동을 주장할 수 없었다.

그것보다도 황 부장이 골머리를 썩이고 있는 것은 다른 쪽이었다.

"어렵네, 이거."

"그게 뭔데요?"

슬쩍 고개를 들이밀며 황 부장이 보고 있던 서류의 내용을 확인하기 시작하는 남자 사원.

"지출 관련, 통장 관리, 어음 관련… 이거 혹시……."

"그래. 총무부 업무 내용이다."

"그 밑에는… 직원 명부나 4대 보험 관련 정보 파일도 있네요?"

"이건 인사 관련."

"소득세 신고 같은 건 세무 쪽 아닌가요?"

"맞아."

"왜 이런 것들을 황 부장님께서 직접 확인하고 계시는 건가요?"

구체적인 자료들과 더불어 다수의 업무 리스트들을 체크해 놓은 황 부장.

자료라고 보기에는 뭣하고 예시용 샘플 느낌이 강하게 보이고 있었다.

"너 말이야."

황 부장이 딱 꼬집어 남자 사원에게 질문한다.

"총괄기획부가 뭘 하는 부서일 거 같냐?"

"글쎄요. 느낌상으로는 일단 총무부랑 별로 다를 게 없어 보이는데요?"

"나도 그렇게 생각해."

"생각하신다는 건… 자세히 모르신다는 뜻인가요?"

"정답이야."

"아니, 그럴 리가요."

"그치만 이게 현실이다."

이미 총괄기획부 창설 이전에 각 부서가 담당하고 있는 고유 업무가 존재한다.

총괄기획부는 흩어져 있는 부서들을 총체적으로 감독하고 기획한다는 의도하에 창설된 부서다.

신라일보 측에서 나왔던 최서인 기자가 말했듯이 이들의 업무에는 두서가 없다.

명확히 정해지지도 않았을뿐더러, 부장직을 맡게 된 황고수 본인도 이 부서가 무엇을 위해 탄생한 부서인지 정확하게 알 수가 없었다.

오로지.

이들이 앞으로 담당하면서 무엇을 할지 확정해야 했다.

"즉… 이제부터 업무의 경계선을 정한다는 뜻인가요?"

"그래."

"말도 안 돼요. 그럼 분명……."

남성 사원의 말이 황고수의 한숨을 더욱 짙게 만든다.

"타 부서랑 충돌할 수밖에 없을 텐데요?"

그 말 그대로다.

업무가 겹치게 되면 충돌은 피할 수 없다 해도 무방하다.

타 부서들에게 많은 영향력을 행사할 수 있지만, 동시에 그 부서들에게 수많은 견제를 당할 우려가 크다.

이곳은 일반 지점이 아닌 청진그룹 본사다.

본사 내에서 행해지는 모든 것들이 청진그룹 계열사에 해당되고 적용된다.

얼마만큼 많은 업무적인 권한을 행사할 수 있느냐에 따라 이들이 지니고 있는 권력의 위력이 달라진다는 뜻이다.

결국.

타 부서들은 총괄기획부에게 자신들의 업무 권한을 빼앗기지 않으려 노력할 테고, 총괄기획부는 어떻게 해서든 타 부서들의 업무를 빼앗아 와야 한다.

"골치 아픈 자리를 수락하고 말았구만."

틱틱.

볼펜으로 책상을 몇 번 쳐 보이기 시작하는 황고수 부장의 미간이 다시 한 번 찡그려지기 시작한다.

"설마 영업팀 업무도 가져가실 생각인가요?"

남성 사원이 장난스럽게 웃으며 묻자, 황 부장이 피식거리며 마주 웃어 보인다.

"얌마, 영업팀은 세 팀이나 되잖냐. 업무 좀 줄여준다는데 뭐가 그리 불만이냐?"

"하하, 그거야 저야 좋긴 하지만, 그래도 윗선에서는 그다지 좋게 보진 않을 텐데요?"

"뭐, 그건 윗사람들끼리 알아서 하겠지."

황 부장은 딱히 사내 정치 싸움에는 관심이 없다.

적극적으로 끼어들 생각도 없지만, 그게 만약 자신의 업무와 관련된 거라면 어쩔 수 없이 참가해야 하는 것이 현실이다.

"어렵구나, 어려워."

오늘도 여전히 황고수 부장의 한숨은 늘어만 가고 있었다.

*   *   *

"웃차."

하나둘씩 짐을 싸기 시작하는 민철.

대략 2년 가까이 일해온 자리인 만큼 민철에게도 뭔가 아쉬움이 남고 있었다.

첫 직장은 아니지만, 그래도 청진그룹 본사에 와서 잡은 첫 자리.

정식으로 자리를 배정받은 뒤에 좋은 근무 환경을 만들기 위해서 민철이 청가에 펼쳤던 다수의 마법진들도 이제는 해체해야 할 시간이 왔다.

"……"

이른 출근을 서둘렀기에 아직까지 사무실에는 아무도 없다.

그 틈을 타 마법을 시전하기 시작하는 민철.

그러나 그 순간.

"아, 창가에 걸려 있던 마법 다시 취소하시는 건가요?"

"……!!"

놀라 뒤를 돌아보는 그의 시야에 한 청년이 고개를 갸우뚱하며 묻는다.

"아니었습니까?"

"…도안 씨였군요."

화들짝 놀랐던 가슴을 쓸어내린다.

최근에 고차원적 존재와의 만남도 가진 적이 있었기에 절로 경계심을 품은 자세로 들어가 버렸다.

"하긴, 도안 씨라면 이미 이 자리 주변에 마법이 걸려 있다는 것 정도는 눈치채고 계셨겠군요."

"네. 창가에 소음 방지용으로 사일런스 마법하고… 온도 조절 마법이 걸려 있죠? 효과를 장기화하기 위해 마법진을 통해 발동되고 있더라고요."

"하하, 그렇습니다."

"그런데 놀랐습니다. 마법진이 설마 제가 있던 레디너스 대륙의 형태와 거의 비슷할 줄은 몰랐거든요."

"……"

마법이라면 도안을 따라갈 수 없다.

제아무리 민철이 수많은 분야에 박식하다고 하더라도 말이다.

"이 마법 체계도 레디너스 대륙과 비슷한 건가요? 하지만 분명 수민 씨에게 들었을 때에는 많이 달랐던 거 같은데……."

"글쎄요. 레디너스 대륙이 어떤 곳인지 잘 모르겠지만… 마법진이라는 건 각 마법사마다 제각각 다른 형태를 취하고 있는 거라 알고 있습니다. 아마 제가 우연치 않게 그쪽 세계에서 사용하는 마법진 형태와 비슷한 것일 수도 있죠."

"흐음, 그런가요."

"예, 우연이라는 건 언제든지 존재할 수 있으니까요. 이 세계에서 널리 알려져 있지 않은 마법이란 공통점을 지닌 도안 씨와 제가 만난 것처럼요."

"……."

우연이라.

민철이 가장 둘러대기 싫은 추상적인 핑곗거리이기도 하다.

이론적으로도, 그리고 공감대도 형성하기 힘든 핑계다.

하지만.

"그럴 수도 있겠죠."

도안이 고개를 끄덕이며 민철의 말을 받아들인다.

우연.

이 단어가 지니고 있는 힘은 실로 애매모호하면서도 어마어마하다.

일어나지 않을 거 같은 일이지만, 일어날 수도 있다.

그것을 우연이라고 한다.

가끔은 이론적이지도 않은 추상적인 말이 상대방에게 잘 먹혀들어 가는 법이 있다. 의도적이지 않게 겹치게 된 마법진 형태를 말로 장황하게 설명할 수는 없다.

아니, 방법이 한 가지는 있다.

같은 대륙에서 왔다고 하면 이 모든 것이 해결된다.

하지만 그렇게 된다면 도안과 그 즉시 전면전쟁을 하게 될지도 모른다. 민철이 레이폰 더 데스사이드라는 정체가 밝혀질 수 있기 때문이니까.

결국 이론으로 설명할 수 없는 것은 굳이 이론으로 설명하지 않아도 된다.

두루뭉술한 핑계를 대며 넘어가는 민철의 말에 별다른 의심을 가지지 않고 고개를 끄덕이는 도안이었다.

아침에 작은 해프닝이 있었지만, 그렇다고 민철의 부서 이동에 지장을 미칠 만큼 커다란 일은 아니었다.

다수의 박스 안에 개인 물건을 하나하나씩 차곡차곡 쌓아두기 시작하는 민철.

그리고 시간이 흘러 오전 11시.

"잠시 주목해 주세요."

헛기침과 함께 홍보팀 사원들의 시선을 모은 구 부장이 옆에 서 있는 민철을 가리키며 말한다.

"여러분들도 잘 아시다시피, 오늘부로 이민철 대리가 총괄기획부로 부서 이동을 하게 되었습니다."

여기저기서 작은 탄식이 새어 나오기 시작한다.

이미 부서 이동에 대해서는 홍보팀 내에서 모르는 사람이 없을 만큼 이야기가 많이 퍼져 나간 상태였다.

하지만 막상 현실로 다가오니 못내 아쉬움이 크게 다가오는 것이었다.

민철 덕분에 그간 해결하기 어려운 일도 쉽사리 해결할 수 있었다.

그의 업무 능력, 그리고 기질.

모두가 홍보팀의 위기를 극복할 수 있는 원동력이 되었기 때문이다.

하나 이제는 민철이 없는 상태에서 홍보팀을 이끌어야 한다.

그 부담감을 가장 많이 짊어지고 있는 건 역시 김대민이었다.

"앞으로 홍보팀을 잘 부탁드리겠습니다."

사원들 대표로 민철의 앞에 선 대민이 애써 필사적으로 울음을 참으며 그의 손을 마주 잡아준다.

"울지 마세요, 대민 씨."

"미, 민철 씨……!"

덩치는 크지만 정이 많은 남자, 김대민.

이제 그가 홍보팀을 이끌어가야 할 주역이다.

대민과의 악수를 나눈 뒤 유 실장에게 다가간다.

"그간 감사했습니다, 유 실장님."

"오냐. 너도 그간 수고 많았다. 어차피 멀리 가는 것도 아니고 사내에 있는 거니까 언제든지 밥이나 같이 먹자고."

"네. 저야말로 불러주신다면야 언제든지 오겠습니다."

유 실장과도 짧은 악수를 나눈 민철.

뒤이어 호수에게도 빙그레 미소를 지어준다.

"대민 씨 열심히 보좌해 줘라, 호수야."

"물론입니다! 그동안 수고 많으셨습니다!"

도안과도 눈빛 교환만으로 가볍게 작별 인사를 나눈 민철이 드디어 오랜 시간 동안 신세를 진 구 부장 앞에 마주 선다.

"녀석. 처음 신입 사원일 때와는 다르게 자신감이 넘쳐 보이는구만."

"전 언제나 처음부터 자신감이 있는 남자였습니다."

"하하, 그랬지. 하지만 자신감 유무를 떠나 분명 넌 달라졌다. 지금의 너라면 충분히 더 높은 곳까지 올라갈 수 있을 거다."

구 부장은 눈썰미가 제법 좋은 편이다.

그의 말이라면 나름 일리가 있으리라.

서로 굳게 잡은 두 남자의 악수.

"수고 많았다, 이민철 대리."

"감사합니다!!"

그리고 이 악수를 끝으로.

이민철은 홍보팀 소속이라는 명함을 내려놓게 된다.

＊　　　＊　　　＊

부서 이동 직후 민철은 어느 한 사무실로 발걸음을 옮기게 된다.

총괄기획부라 적혀 있는 명패가 민철의 시야에 들어온다.

'이제부터 새로운 시작인가.'

고개를 끄덕이며 사무실 안에 들어서자, 그곳에는 이미 한창 짐을 정리하고 있던 황 부장만이 모습을 드러내고 있었다.

"오, 이민철."

"안녕하세요, 황 부장님."

직책은 여전히 부장이다.

그리고 민철 또한 마찬가지.

두 사람이 반갑게 인사를 하지만, 그러기를 얼마 뒤.

"민철아, 미안하지만 잠시 누구 좀 만나고 올 수 있겠냐."

"네. 말씀만 해주세요."

첫 일인가.

그렇게 생각한 민철이었지만.

황 부장의 말은 민철이 예상했던 것과는 다른 방향으로 이야기를 꺼내기 시작한다.

"노조라고… 알고 있나?

＊　　＊　　＊

"노조… 말씀이십니까?"

"그래, 노조. 설마 모른다고 하진 않겠지?"

"아니요, 잘 알고 있습니다만."

민철도 이제는 이 세계 일원이 다 되었다.

사회에 관한 용어는 거의 알고 있다 해도 과언이 아니다.

아는 게 힘이라는 그의 철칙이 보다 많은 지식을 보다 빠르게 습득할 수 있게끔 많은 도움을 줬다.

그건 그렇다 치더라도.

어째서 노조에 관한 이야기가, 그것도 막 총괄기획부 부서에 살림살이(?)를 차리려고 하는 이 순간에 튀어나온 것일까.

"아직 너, 기사 못 봤구나."

"예. 아침부터 이것저것 짐부터 챙기느라 챙겨 보진 못했습니다."

"뭐… 별건 아닌데, 일단 봐두는 게 좋을 거 같다. 거기 빈 책상 위에 올려져 있는 일간신문 보이지?"

신라일보 신문이다.

자연스럽게 최서인 기자가 떠오른 민철이었으나, 잠시 그런 사적인 인맥 같은 건 생략하고 우선 신문을 먼저 집어 든다.

"이거 말입니까."

"4면을 펼쳐 보면, 우리 회사에 관한 기사가 실려 있을 거다."

"4면이라……."

얇은 신문지를 한 장 한 장 넘기면서 황고수 부장이 지시한 4면을 찾아보는 민철.

그의 시야에 절로 미간이 찡그려질 만한 기사 제목이 눈에 들어온다.

―청진그룹, 대기업 속에 숨겨진 부실한 모습.

"부실한 모습이라니……."

도대체 뭘까.

물론 세상에 완벽한 존재는 거의 없다 해도 무방하다. 화술의 달인이라 불리며 레디너스 대륙을 말발로 평정한 레이폰 더 데스사이드, 지금 현 세계의 이름으로는 이민철도 같은 본사에서 일하게 된 도안을 두려워하고 있지 않은가.

도안은 자신보다 뛰어난 마법 실력을 가지고 있다.

언제 어디서 민철의 강력한 적수가 될지 모르기 때문이다.

게다가 그의 수변엔 고자원석 존새도 도사리고 있다.

얼마 전에 마주한 추화연도 자신의 아군인지 아니면 적군이 보낸 스파이인지 아직 제대로 확인되지 않았다.

물론 말로는 아군이라고 하지만, 민철의 처세술은 기본적으로 남을 덥석 대놓고 믿지 않는 불신주의에서 비롯된다.

믿는 도끼에 발등을 찍히는 경우만큼 심대한 타격을 입는 사례도 드물기 때문이다.

'무슨 내용일까.'

글로벌 대기업이라 불리는 청진그룹의 단점.

외부에서 보이는 청진그룹의 허술함이 도대체 무엇일까 궁금하게 여겨진 민철의 시선이 기사문을 쫓아가기 시작한다.

내용은 대략 이러했다.

청진그룹에서 퇴사당한 비정규직에 대한 대우가 시원치 않다는 내용이었다.

비정규직.

민철은 대한민국이라는 나라에서 특히나 많은 문제가 되고 있는 요소라고 생각되는 게 바로 비정규직이라고 늘상 인식하고 있었다.

게다가 비정규직에서 정규직으로 전환되는 비율 자체도 거의 극소수다.

말만 비정규직이지, 사실은 소모품에 불과한 인력이라는 뜻 아닌가.

"그 기사를 보면……."

대략 짐 정리가 끝난 모양인지, 황 부장이 신문 기사를 보고 있는 민철에게 다가와 부연 설명을 들려주기 시작한다.

"얼마 전에 본사에서 인턴으로 일하고 있던 사람이 부당한 대우를 받고 강제적으로 회사에서 퇴출을 당했다는 인터뷰 내용이 있더군. 한 명이 아닌 불특정 다수가 불만의 목소리를 내고 있다는 내용의 기사야."

"…그렇습니까?"

"뭐, 인턴에서 정규직으로 곧장 승진하는 경우가 대다수이긴 하지만, 자체적으로 업무 평가를 내렸을 때 아직 정규직에 합당하지 않은 인물이라는 평가가 내려지면 인턴 기간이 몇 개월 더 늘어나게 되지. 그 과정에서 정규직으로 승진하지 못하는 녀석들도 나오게 되는 법이야. 물론 다 좋지만, 이제 여기서 '나는 열심히 했는데 왜 정규직으로 전환시켜주지 않느냐' 라든지 혹은 '부당노동행위 아니냐' 라는 오해와 사례가 발생하게 되는 거지."

"그렇군요."

청진그룹은 능력제 비중이 꽤나 큰 회사다.

이것은 차별 없이 순수하게 인재들 간의 능력 대결로 그에 합당한 대우를 받을 수 있다는 뜻도 되지만, 반대로 말하자면 능력이 없는 사람은 봐주는 거 없이 정당하게 차별한다는 내용이기도 하다.

제아무리 공채에 채용된 사람이라 하더라도 인턴 과정에서 제대로 회사에 적응하지 못하거나 아니면 문제를 일으키게 될 경우에는 벌점에 따라 인턴 기간이 더 늘어나게 되거나 아니면 정규직으로 전환되지 못하고 회사를 그만둬야하는 경우가 발생한다.

인턴 기간이 늘어나게 되는 경우엔 기존 3개월에서 또 3개월이 가산된다.

좀 더 기간을 지켜보자는 의미와 동시에 한 번 더 기회를 준다는 의미도 내포되어 있다.

"부당한 처우를 받게 되었다는 건 무슨 뜻입니까?"

"글쎄다. 기사상으로는 과도한 업무를 시켰다느니 근무 시간이 너무 많다느니 하는 그런 이유도 있지만, 중요한 건 그게 아니야."

황 부장이 머리를 긁적이며 민철에게 노조라는 단어를 언급한 이유를 설명해 준다.

"그 인터뷰를 한 사람뿐만이 아니라 이후로도 줄줄이 이와 비슷한 사례가 나오고 있다는 게 더 문제겠지. 그리고 더 희한한 건, 분명 노조 조합장에겐 원만하게 잘 해결되었다는 말도 들었어. 협상 당시에도 조합장, 그리고 피해자라 주장하는 해당 사원들과도 이야기가 잘 풀렸고. 그런데 정작 당사자였던 사원들은 청진그룹 본사에 대해 엄청난 불만을 느끼고 있지."

"흐음……."

"그래서 자체적으로 회의를 하기로 했다. 총무팀, 인사팀, 그리고 조합장과 우리."

"총괄기획부도 들어가는 겁니까?"

"힘 좀 썼지."

"하하……."

현재 총괄기획부는 마땅한 업무의 경계, 혹은 확정된 업무가 정해진 게 아니다.

워낙 추상적이고 두루뭉술하게 되어 있다 보니 이제부터 초대 총괄기획부 멤버가 된 이들이 알아서 업무의 경계선을 정립해 가야 한다.

"노조에 관한 문제는 다들 가급적이면 관여하고 싶지 않으니까. 그런 인식도 작용해서 총괄기획부도 참가하게 되었다. 회의는 3일 뒤. 그치만 개인적으로 회의 전에 민철이 네가 조합장을 먼저 만나봤으면 해."

"미리 안면을 트는 것도 나쁘지 않으니까요."

"역시 잘 알고 있군."

처음 만나는 사람보다 그래도 구면인 편이 이야기를 원만하게 이끌어갈 수 있다.

물론 그렇다고 100퍼센트 전부 다 그렇다는 건 아니다.

어디까지나 확률상으로 더 높을 뿐이니 말이다.

"한 번 만나보고 올 거지?"

"예. 그런데 그 회의… 제가 참석하는 겁니까?"

"일단은."

오자마자 업무가 늘게 되었다.

기쁜 일이라고 해야 할지, 아니면 슬픈 일이라고 해야 할지.

총무팀 소속 권수곤 부장은 아침부터 미간을 찡그린 채 부하 직원들을 불러 모아 쓴소리를 내뱉을 수밖에 없었다.

"아침부터 기사 하나 때문에 괜히 내가 상부에 불려가서 불호령을 들어야 하는 이유가 뭐야!!"

쾅!

들고 있던 서류 다발을 책상 위로 내려치는 그의 언행이 오늘따라 상당히 거칠다.

남성진 또한 아무런 말 없이 그의 말을 고스란히 경청한다.

"분명 노조 간의 협상도 문제없이 해결되었는데, 이제 와서 그 새끼들이 배신을 때려? 지들이 일도 더럽게 못해서 짤린 것들이 도대체 뭐가 잘났다고 청진그룹 이미지를 깎아먹냐고!! 제때 퇴직금하고 실업 급여 준 것만으로도 고맙게 여겨야지!!"

청진그룹은 그래도 노조와의 커다란 마찰이 별로 없는 편이다.

비정규직이라 하더라도 임금이 몇 달 치 밀리거나 혹은 떼어먹는 그런 일은 절대로 하지 않기 때문이다.

이게 다 감사팀의 힘이 막강하기에 발생하는 부가적인 효과라 할 수 있다.

비리와 부정부패는 척결해야 한다.

그것이 한경배 회장의 철칙이기도 하다.

그렇기 때문에 웬만한 부당노동행위는 발생하지 않는 게 청진그룹의 일상이기도 했다.

그런데 갑자기 이런 기사가 실리게 된 것이다.

"아무튼 이번 일은 우리 총무팀에게 커다란 타격이 될 수 있다. 분명 원만하게 잘 해결되었던 일이라고 상부에 보고까지 했는데도 불구하고 이런 기사가 나왔다는 건 있을 수 없으니까."

침착하게 평정심을 되찾은 권 부장이 사원들을 향해 재차 강조한다.

"신속하게 사태를 파악하고 해결해. 그리고 피해자라 주장하는 사람들의 연락처도 알아내서 왜 이런 인터뷰를 했는지도 알아보고."

"예, 알겠습니다."

"그리고 남성진 대리."

회의가 거의 끝나기 직전.

부장의 부름에 성진이 무의식적으로 대답한다.

"예."

"자네는 가서 노조 조합장 좀 만나고 와야겠어. 회의 전에 미리 얼굴이라도 봐두는 게 좋겠시."

"…알겠습니다."

고개를 끄덕이는 성진.

그도 조합장을 직접 보는 건 처음이다.

대충 누구라고는 알고 있지만, 대한민국이라는 사회 내에서 민감한 소재이기도 한 노조와의 접촉이라니.

　게다가 남성진은 청진전자 부사장의 아들이다.

　'날 달갑게 보지만은 않겠군.'

　간부의 아들과 마주하게 되는 조합장에게 좋은 이미지를 쌓을 것이란 생각은 애초에 성진도 하지 않았다.

　그럼에도 그가 부장에게 지목당한 이유는 하나다.

　대리직을 달게 된 남성진이 이번 일을 도맡아 해결해야 했기 때문이다.

*　　　*　　　*

　엘리베이터를 타기 위해 앞에서 내려가는 버튼을 누르고 대기 중이던 민철은 예상치 못한 인물과 마주하게 되었다.

　"아……."

　"엇."

　두 사람이 서로 마주치게 되는 순간, 서로가 놀란 나머지 작은 탄식을 자아낸다.

　그러나 이내.

　"안녕하십니까, 민철 씨."

　"오랜만입니다, 성진 씨."

　라이벌이기도 하자 동기이기도 한 두 사람이 엘리베이터에서 만나게 된 것이다.

"어디 가시는 길입니까?"

"아, 잠시 영업 2팀에 볼일이 있어서요."

"그럼 4층이군요. 저와 같은 층수입니다."

"이런, 우연이군요."

너스레를 떨며 말하는 민철.

성진 또한 영업용 스마일로 웃어주며 영혼 없는 반응을 보여준다.

성진의 머릿속에는 오로지 조합장과의 만남만으로 가득 차 있었기 때문이다.

떵동!

4층에 도달하자 성진과 민철이 자연스럽게 엘리베이터를 나선다.

저벅저벅.

두 사람의 발걸음이 흐트러짐 없이 앞으로 나아간다.

이윽고 영업 2팀에 도착하자마자.

"실례합니다. 한상술⋯⋯."

"한상술 과장님 계십니까?"

라는 말이 끝남과 동시에.

또다시 놀란 눈으로 서로를 바라본다.

혹시⋯⋯.

"민철 씨가 볼일이 있다는 게⋯⋯."

"예. 한상술 과장님 만나보러 온 겁니다."

"우연이군요. 저도 그분께 볼일이 있었는데."

정말 우연일까?

순간적으로 두 사람의 머릿속에는 견제와 더불어 한 가지 단어가 공통적으로 떠오르기 시작한다.

노조 조합장과의 만남!

그리고 드디어.

"두 젊은 인재가 절 찾아올 줄이야. 놀랍네요."

영업 2팀의 과장직을 맡고 있으면서도 청진그룹 노동조합 조합장을 역임하고 있는 남자, 한상술이 부드러운 미소와 함께 모습을 드러낸다.

*   *   *

"자자, 여기 앉으시죠."

상술이 넌지시 두 사람에게 제안한다.

괜시리 뻘쭘하게 된 두 남자는 굳이 상술의 제안을 거절할 생각이 없는 모양인지 작은 회의실 의자에 착석한다.

그것보다도 과장이라는 사람이 도대체 회사에 뭐가 불만이 있어서 조합장을 하고 있는 것일까.

그 질문이 문득 하고 싶어진 성진이었으나, 이내 입을 다문다.

민철 또한 마찬가지다.

처음 조합장에 대해 들었을 때에도 그 생각이 들었으니 말이다.

마치 두 남자의 생각을 읽기라도 했다는 듯이 상술이 빙그레 웃으며 말한다.

"노조라는 건 결코 나쁜 게 아닙니다. 회사에 불만이 있어서 노조에 가입한다는 의미가 아니라, 노동자로서 정당한 권리를 보장받기 위한 일종의 울타리와도 같은 장치라 할 수 있죠."

말의 한 마디 한 마디에서 왠지 모를 선함이 느껴진다.

'마인드가 제대로 된 사람이군.'

성진은 자신의 머릿속에서 한상술이란 남자의 첫 인상을 그렇게 평가했다.

하나.

"……."

민철은 본능적으로 느낄 수 있었다.

이 남자…….

뭔가가 이질적인 부분이 존재한다는 것을.

*　　　*　　　*

웃음.

그것은 사람의 감정을 속일 수 있는 가장 뛰어난 수단이라 할 수 있다.

안면 근육을 많이 움직여 최대한 얼굴에 속마음이 드러나지 않게끔 위장하는 일 정도는 민철도 할 수 있다.

많이 보아오기도 했고 말이다.

"그런데 두 분께선 어쩐 일로……."

상술이 두 사람에 자신을 찾아온 목적에 대해 묻는다.

순간 누가 먼저 운을 뗄지 눈치를 보기 시작하는 민철과 성진.

그때, 성진이 먼저 한 번의 눈빛 교환을 끝으로 입을 열기 시작한다.

"잠시 인사나 드리러 왔습니다."

"인사라……."

"예. 며칠 뒤에 있을 회의에 저도 참가하게 될 거 같아서입니다."

"아, 그렇군요. 미리 서로 안면을 트는 것도 나쁘진 않을 테니까요."

노동조합 조합장을 대하는 태도치고는 그다지 남성진에게 적대적인 모습을 보이지 않는다.

하기사. 방금 상술이 말했던 것처럼 노조라는 집단 자체가 회사와 다투기 위해 설립된 집단이 아니란 인식을 가지고 있다면 제아무리 청진전자 부사장의 아들이라 하더라도 이렇게 다른 사람들과 마찬가지로 거리낌 없이 대화를 주고받는 게 가능할 수 있을 것이다.

성진으로서는 나름 나쁘지 않은 사람이 걸린 셈이다.

그러나 민철의 생각은 다르다.

"이민철 대리 맞으시죠?"

"예, 맞습니다."

"하하, 일화는 많이 들었습니다. 직접 만나보게 되니 영광이 군요."

"저야말로… 그보다 한 가지 궁금한 점이 있는데 여쭤봐도 됩니까?"

"물론이죠."

여전히 사람 좋은 미소를 지어 보이며 민철의 말을 받아준 다.

상대방이 질문을 허가했는데, 거침없이 질문해 주는 게 예 의 아니겠나.

"신라일보에 실려 있는 기사 말입니다만. 청진그룹에서 부 당한 대우를 받고 퇴사를 당했다고 주장하는 인물이 몇 달 전 에 퇴직당한 오수미 사원 맞습니까?"

"……."

순간 상술의 표정이 굳기 시작한다.

물론 남성진 역시 마찬가지였다.

"이민철 씨, 그 이야기는 조만간 회의에서 할 안건 아니었습 니까? 굳이 인사를 드리러 온 자리에서까지 그 이야기를 언급 할 이유는 없다고 생각합니다만."

결국 남성진이 먼저 민철을 커트한다.

물론 성진의 말이 맞을지도 모른다.

민철도 첫 만남에서 좋지 않게 언성을 높일 만한 이야기 소재를 굳이 언급할 필요는 없다고 생각한다.

그러나 굳이 그가 이런 이야기를 초면부터 언급한 이유는 별거 없다.

상술의 반응을 살피기 위함이었다.

"하하… 맞습니다. 저희 조합원이기도 했죠."

"협상 당시에는 한상술 과장님께서도 직접 대변인으로서 참가했다 들었는데… 좋게 해결된 것치고는 예상치 못한 이야기들이 기사에 나와서 회사 측에선 제법 많이 당황하는 거 같습니다. 이에 대해서는 어떻게 생각하시나요?"

"저도 물론 당황스럽습니다. 분명 오수미 양은 그때 저에게 별다른 문제를 제기하지 않았었는데 이제 와서 이런 식으로 통수를 치는 듯한 인터뷰를 하게 된다면… 조합장인 저로서도 난감하죠."

"그렇군요."

고개를 끄덕이며 더 이상의 질문은 하지 않겠다는 무언의 표시를 보여준다.

"초면부터 무거운 이야기를 꺼내시는군요. 하하."

상술이 머쓱하게 웃는 사이, 여사원이 회의실로 들어오며 각자의 앞에 차를 대접한다.

"자, 한 잔씩 하시죠."

"감사합니다."

후르릅.

따스한 차 한 모금이 성진과 민철의 체내에 흡수된다.

"그것보다도 오히려 제가 예상한 질문은 하지 않으시니 섭섭할 정도입니다."

뜬금없는 상술의 발언에 자연스럽게 민철이 그의 말을 받아준다.

"따로 예상했던 질문거리라도 있으신 겁니까?"

"보통 노조에 관한 일로 저를 찾아오는 사람들이 늘상 하는 질문이 있습니다. 과장직을 차지하고 있으면서도 용케도 조합장을 하고 있다고 말이죠."

"듣고 보니……."

성진이 이때다 싶었는지 곧장 질문을 던진다.

"조합장을 하시는 이유가 있습니까?"

"특별한 이유는 없습니다. 부당한 대우를 당했는데도 노동법을 제대로 알지 못해 노동자로서 누려야 할 권리를 제대로 누리지 못해 피해를 당하는 사람들을 그저 지켜보기만 하는 것도 안쓰러워서요. 그리고 직책이 있는 사람이 소합상을 해야 노조에도 힘이 좀 실리지 않겠습니까?"

"그렇군요."

좋은 사람이다.

한상술에 대한 성진의 첫 이미지는 대략 그러했다.

물론 민철 또한 성진이 내린 첫인상의 평가와 크게 다르지 않다.

하지만 문제가 있다면.

사람이 너무 지나치게 좋다는 점이다.

"여러분들도 혹시 모르니 나중에 노조에 가입할 생각이 있으시다면 언제든지 저한테 찾아오시기 바랍니다. 노조에 가입한다 해도 청진그룹이라면 딱히 눈치를 볼 일도 없으니까요. 물론, 총무팀에 속해 있는 남성진 씨는 좀 그렇겠습니다. 하하."

"그럴지도 모르죠."

노무 관리를 인사팀과 협동해 담당하고 있는 총무팀의 입장에선 노조 가입이 오히려 독이 될지도 모른다.

비록 청진그룹이 노조에 대해 비교적 관대한 편이더라 해도 말이다.

＊　　　＊　　　＊

상술과의 만남을 끝내고 총괄기획부 사무실로 돌아온 민철.

그의 시야에는 총괄기획부로 내정된 인물들이 각자 개인 짐을 풀고 있는 진풍경이 들어오고 있었다.

"오, 민철 씨 왔구만!"

그나마 다른 사람들에 비해 짐 정리가 비교적 빨리 끝난 축에 속하는 조성민 실장이 민철을 향해 가볍게 손을 흔들어 보인다.

"한상술 과장한테 갔다 왔다며?"

"네."

"어때? 만나고 오니까?"

대뜸 소감부터 묻는다.

언행이라든지 이런 걸 보면 약간 구인성 부장을 닮은 듯한 낌새가 느껴지는 조성민 실장.

어차피 총괄기획부라는 같은 배에 타게 되었으니 민철의 입장에선 굳이 솔직한 감정을 숨길 필요가 없다는 판단을 내리게 된다.

"수상한 사람이었습니다."

"오호, 의외의 반응이구만."

"의외라 함은……."

말끝을 흐리는 민철을 대신해 조 실장이 키득키득 웃어 보이며 손사레를 친다.

"한 과장, 그 친구를 만나고 온 사람들이 내린 평가는 대개 비슷했거든."

그러면서 동시에 이렇게 말을 한다.

"좋은 사람이라고 말이지."

"같이 갔던 총무팀의 남성진 대리도 그렇게 생각하고 있는 듯합니다."

"그렇지? 대개는 한 과장이 좋은 사람이라고 평가한단 말이지."

"마치 조 실장님은 한상술 과장이 '착한 사람인 척을 하고 있다' 라는 듯한 말씀을 하시는 거 같습니다."

"크큭. 정답이야."

"……."

앉은 채로 툭 튀어나온 자신의 배를 한 번 강하게 퉁! 쳐 보이는 조 실장.

그러자 옆에서 짐을 정리하고 있던 예지가 살짝 미간을 찡그리며 말한다.

"조 실장님, 짐 정리 다 하셨나요?"

"아직 좀 남긴 했는데……."

"그럼 짐 정리부터 먼저 하세요. 조만간 청소할 거니까요."

"허허… 막내 아가씨가 무서워서 회사 생활 어떻게 하려나 모르겠구만."

한경배 회장의 손녀딸이라는 타이틀 덕분에 깨갱 뒤로 물러서는 조 실장이었다.

어쩔 수 없다는 듯이 자리에 일어서며 짐을 정리하기 위한 움직임을 펼치자, 민철이 다가와 조 실장을 거든다.

"도와드리겠습니다."

"오오, 도와준다면야 땡큐지. 요즘 과도한 업무 때문인지 모르겠지만 허리가 많이 아파서 말이야."

아무리 봐도 과도한 업무가 원인이라기보다는 비만이 가장 큰 원인으로 보인다.

하나 민철이 신경 쓰는 건 그런 사소한 요소가 아니었다.

"아까 하시던 말씀, 마저 듣고 싶습니다만……."

"아, 그렇지."

조 실장이 잠시 깜빡했다는 듯이 말을 이어가려던 찰나였다.

"노조를 맡고 있는 조합장이라 함은, 결코 착한 사람이어서는 안 돼."

조 실장의 말을 가로챈 사람은 다름이 아닌 황고수 부장이었다.

이제야 겨우 짐을 다 정리한 모양인지 옅은 한숨을 내쉬며 의자에 몸을 기댄다.

"노조라 함은 노동자가 부당한 대우를 받았을 때 회사와 맞서 싸울 수 있는 투견(鬪犬)이 될 각오가 되어 있어야 하지. 그런데 한 과장은 너무 성실해. 게다가 회사와 딱히 척을 지고 있지 않아. 오히려 회사가 심어둔 스파이가 아닐까 하고 의심이 들 정도로 말이지."

"스파이……."

그런 경우가 전혀 없다고도 말하기 힘든 것이…….

종종 실제로도 있는 사례이기 때문이다.

노조와의 충돌을 방지하기 위해 회사는 일부러 친회사적인 사람을 조합장에 올려두는 꼼수를 부리기도 한다.

조합장을 차지하고 있는 사람에게 조금이라도 잘 대우해 준다면 조합장이 알아서 불만을 가지고 있는 노동자를 잘 케어해 주는 그런 류의 시스템도 실제로 있기 때문이다.

"하지만 여기서 중요한 것은 한 과장이 회사 측에서 심어놓은 스파이인지의 여부가 아니지."

"뭔가요? 그 중요하다는 게."

먼지떨이를 손에 쥔 예지가 궁금한 모양인지 답변을 재촉한다.

그러나 황 부장은 슬쩍 웃어 보일 뿐.

"여기서 그 중요한 걸 모르는 사람은 아마 예지 씨밖에 없는 거 같은데."

"네에?!"

말도 안 된다는 듯이 주변을 둘러본다.

조 실장도, 별다른 표정 변화 없어 보이는 서기남 주임도.

심지어 민철조차도 굳이 황 부장의 말을 끝까지 다 들을 필요는 없다는 듯이 본격적으로 자신의 짐을 정리하기 위해 자리를 뜬다.

"뭐, 뭐예요. 이 분위기… 마치 수수께끼를 내고서 답을 안 알려주는 거랑 뭐가 다른가요?"

"나머지는 일이 진행되면서 자연스럽게 알게 될 테니까 너무 걱정하지 않아도 돼."

황 부장의 말에 예지는 작게 볼을 부풀릴 수밖에 없었다.

＊　　　＊　　　＊

"노조?"

실로 오랜만에 민철과 데이트를 즐기게 되어서 상당히 기쁜 마음으로 격양되어 있던 체린의 기분이 순식간에 노조라는 말을 듣자마자 급격하게 다운된다.

그 증거로, 그녀의 목소리 톤이 낮아졌음을 들 수 있을 것이다.

"왜 갑자기 노조에 대해서 묻는 건데."

"그냥. 머메이드의 경우에는 노조가 있는지 없는지 궁금해서."

"있긴 하지. 물론 청진그룹과 같이 노조 가입에 대한 자유가 있긴 하지만, 대기업에 비해서 아직까지 우리들은 이제 막 성장하고 있는 신흥 브랜드이다 보니 눈치를 주는 경우는 더러 있는 거 같았어."

"노조에 가입하지 말라는 무언의 압박 같은 건가?"

"그런 셈이지. 회사를 운영하는 자의 위치에 올라서면 우선 노조부터 깰 생각을 한다고 하잖아. 그만큼 노조가 눈에 거슬리나 봐."

"네 입장에서도 그런가?"

"난 딱히 그런 거에 대해 제한을 두거나 하고 싶진 않아. 어차피 제대로 임금만 주면 될 일이니까. 문제도 딱히 발생하지 않을 테고."

머메이드의 경우에는 특히나 카페 브랜드이다보니 아르바이트생의 비율이 많다.

아르바이트생도 엄밀히 말하면 비정규직이라 할 수 있다. 당연히 이들에 대한 임금 문제도 여타 다른 기업에 비해 많을 것이다.

"우리 회사가 돈을 못 버는 것도 아니고, 제때 임금을 안 줄 이유도 없어서 아직까진 일하는 사람들에게서 별다른 클레임은 들어오고 있지 않아."

"그런데 어째서 노조라는 단어에 민감하게 반응하는 거지?"

"더러 있으니까."

체린이 민철의 질문에 딱 잘라 대답한다.

"개인의 이익을 위해 집단을 선동해 중간에 이득을 취하려는 그런 자들이 말이야."

"무슨 뜻이지?"

"노조 자체는 좋아. 정당하게 자신들의 권리를 주장하는 건 법으로도 보장되어 있으니까. 그리고 노동자를 노예 취급하는 사용자가 있다면, 그건 당연히 사용자의 잘못이지. 하지만 알게 모르게 제3의 세력이 끼어들고, 노조를 이용해서 자신의 개인 이득을 위해 사람들을 선동하는 그런 주모자들이 더러 있거든."

집단이라는 건 결국 사람을 두 부류로 나뉘게 만든다.

지배하는 자.

그리고 지배당하는 자.

"결국, 지배하는 자의 사적 이익 수단으로 전락할 가능성도 있으니까. 노동자들의 권리를 보호한다는 본래의 취지에 맞지 않게 사적인 이득을 위해 행동하는 경우도 더러 있어. 그래서 별로 좋게 생각하진 않아. 엄밀히 말하자면 노조를 싫어한다는 의미가 아니야. 이건 민철 씨가 괜한 오해하지 말아줬으면 좋겠어."

"그렇군."

이 세계에 비교적 빠르게 적응한 민철이었으나.

'어딜 가나 있군. 그런 사람들이.'

역시 사람 사는 곳은 크게 변함이 없나 보다.

제2장

노동조합

끼릭!

사이드브레이크를 올리며 차를 주차시키는 민철.

조수석에 있던 체린이 문을 열고서 민철에게 작별 인사를 건넨다.

"그럼 나중에 또 봐."

"잘 들어가고."

"아, 잊은 게 있었네."

잠시 깜빡했다며 다시 차량 안으로 들어온다.

그 깐깐하고 빈틈없기로 소문난 체린이 깜빡하다니. 그녀의 남자친구로서 몇 년간 활동(?)해 온 민철의 입장에선 참신하기도 했다.

그러나.

그다음 이어질 체린의 대사는 결코 가벼운 마음으로 넘겨선 안 될 요소로 가득 차 있었다.

"약혼식을 잡을까 하는데."

"⋯⋯?!"

순간 민철은 병찐 표정을 지을 수밖에 없었다.

언제 어느 순간이 와도 평정심을 유지하던 남자가 고작해야 이체린이라는 여성의 스트레이트 펀치 한 방에 그대로 무너진 것이다!

"야, 약혼⋯ 식⋯⋯??"

다시 한 번 되묻는 민철에게 체린이 고개를 끄덕이며 재차 강조한다.

"응, 약혼식. 민철 씨, 생각 안 해봤어?"

"새, 생각이야 뭐⋯⋯."

그전에 결혼이라는 걸 거의 염두에 두고 있지 않았다.

애초에 체린이랑 사귀게 된 것도 결혼을 전제로 사귄 것도 아니고 말이다.

그러나 체린의 말은 상당히 당돌했다.

"나, 민철 씨라면 내 남편감으론 적격이라고 생각하는데."

"⋯⋯."

"민철 씨는 아닌가 봐?"

여자는 치사하다.

늘상 이런 식으로 나오면, 민철로서는 할 말이 없어지게 되는 거 아닌가.

그것보다도 적어도 자기 변론의 시간 정도는 줘야 하는데, 체린은 결코 그런 여유를 주지 않는다.

만약 정말로 체린과 결혼하게 된다면…….

'공처가 인생은 거의 확정되었다 해도 무방하겠군.'

쓴웃음을 지을 수밖에 없었다.

천하의 레이폰 더 데스사이드, 이민철이 고작해야 젊은 여성에게 잡혀 살게 될 운명에 처하다니 말이다.

사실 이체린이란 여자 한 명을 놓고 보자면 결코 나쁜 여성이 아니라 할 수 있다.

총명하고, 그리고 영리하다.

게다가 민철의 뒷바라지도 충분히 잘할 수 있는 여력을 지니고 있다.

그리고 무엇보다도 집안도 빵빵하지 않은가.

카페 머메이드. 최근에는 민철이 연결해 준 중국 카페 대표 브랜드, 메져의 화이 윙과도 협력 관계를 유지하여 각각 아시아 전역에 세력을 확장하자며 의기투합에 성공했다는 말도 들려온다.

그 덕분에 체린의 아버지에게도 이민철이란 남자의 평가가 쑥쑥 상승하게 되었다.

이때를 틈타 체린은 빠르게 민철과 자신의 결혼을 추진하려 하는 것이다.

결혼이란 타이밍이다.

체린은 더 이상 서로 나이를 먹기 전에 미리 백년가약(百年佳約)을 맺어두는 것도 나쁘지 않을 거라 판단한 셈이다.

그렇다 하더라도.

"으음……."

결혼이라는 건 매우 신중한 결정이 필요하다.

물론 체린이 하자는 건 결혼이 아니다. 약혼식에 불과하지만, 약혼도 상징적인 의미가 많이 있다.

특히나 사회적인 지위가 어느 정도 있는 남녀 간이라면 더더욱 신중하게 정해야 할 요소가 아닐까.

"일단 생각해 보도록 하지."

"알았어. 민철 씨 성향은 나도 충분히 알고 있으니까."

그래도 체린으로서는 썩 나쁜 교섭은 아니었다.

체린도 민철이 갑작스럽게 무언가를 급진적으로 일을 추진하거나 벌이는 그런 스타일은 아니라고 충분히 알곤 있다.

그렇기 때문에 민철의 이런 보류 결정에 섭섭한 마음 같은 건 들지 않는다.

아니, 사실대로 토로하자면 전혀 없다고 한다면 그건 거짓말이다.

이성적으론 알고 있으나 본능적으로는 미약하게나마 섭섭

함이 느껴지는 건 사실이다.

하나 민철도 바보는 아니다.

"그럼 정말로 들어가 볼게."

체린이 문을 열기 직전.

갑자기 민철이 안전벨트를 풀기 시작한다.

그와 동시에 두꺼운 팔을 뻗어 체린의 가느다란 허리를 감싸온다.

슬쩍 상반신을 기울이며 체린 쪽으로 향한 민철의 입술이 그녀의 입술 위로 포개진다.

"음……."

체린도 가끔은 민철의 이런 예고 없는 애정 행각이 싫지만은 않은 듯이 살짝 입술을 벌리며 그의 혀를 얌전히 받아들인다.

민철의 혀가 체린의 혀를 마치 부드럽게 쓰다듬듯 움직이자 체린이 눈을 감고 온몸으로 민철의 움직임을 받아들인다.

추릅거리는 야릇한 소리와 함께 갑자기 민철이 조수석의 의자를 뒤로 확 빼는 게 아닌가.

"어머……!"

살짝 놀란 듯 새된 비명을 지르는 체린이었으나, 민철은 거기서 그치지 않는다.

그대로 체린을 위에서 아래로 찍어 누르는 듯한 자세를 취한 뒤 살며시 미소를 지어 보인다.

"그냥 보내면 왠지 네가 섭섭해할 거 같아서."

"…설마 차 안에서……."

"스릴 있고 좋잖아?"

"하지만 다른 사람들 눈에 띄면 곤란할 텐데. 게다가 여긴 우리 집……."

말을 이어가기 직전.

민철의 입이 그녀의 입을 틀어막는다.

읍읍 하는 소리와 함께 살짝 발버둥을 쳐보는 체린이지만, 연약한 그녀가 성인 남성을 쉽사리 제압할 순 없을 것이다.

키스와 동시에 진행되는 민철의 손동작.

처음에는 체린의 허리를 껴안던 손이 점차적으로 그녀의 탄력적인 둔부와 허벅지 사이의 경계를 오가기 시작한다.

민철보다도 연상이면서 주기적인 운동과 스트레칭으로 인해 20대 초반 여성 못지않게 제법 괜찮은 몸매를 지니고 있는 체린.

여체는 남자의 본성을 자극하기에 충분한 요소를 지니고 있다.

체린의 아찔한 뒤태를 직접 손으로 매만지기 시작하는 민철.

이것도 커플이라는 관계가 주는 특권이 아닐까 싶다.

"자, 잠깐만… 민철 씨……."

양손으로 있는 힘껏 민철의 가슴을 밀어내지만, 민철은 그저 겨우 살짝 위로 올라오는 모션만을 취할 뿐이었다.

"…오늘 왜 이리 적극적인데."

"네가 원하는 대답을 해주지 못해서. 그 대신이야."

"내가 원하는 대답이 뭔지 알고 그러는데."

"약혼식이 아니라 결혼식을 올리자… 라는 거 정도?"

"……."

지그시 민철을 올려다보던 체린이 터져 나오는 웃음을 필사적으로 참기 시작한다.

좀처럼 그녀에게서 볼 수 없는 감정적인 표정이었다.

"정말… 닭살이야, 민철 씨."

그러나 싫지만은 않은 듯 딱히 부정하거나 그러진 않는다.

민철도 잘 알고 있다.

자신이 내뱉은 반응에 체린이 약간의 섭섭함을 지니고 있다는 것을.

여자의 감수성은 결코 무시할 수 없다. 체린이 스스로의 마음을 애써 부정한다 하더라도 마음 한쪽 구석엔 분명 섭섭한 감정이 남아 있을 것이다.

"지금 당장은 아니지만, 언젠간 분명 확실한 대답을 줄 수 있을 거야. 그러니까 그때까지 기다려. 조급해하지 말고. 난 어디 안 가니까."

여성에게 믿음을 심어줄 수 있는 건 그저 이 말밖에 없다.

날 믿어라.

말이라는 수단뿐일지 모르지만, 여자가 듣고 싶어 하는 말을 계속적으로 들려준다는 거에 커다란 의의가 있다.

귀엽다, 예쁘다, 그리고 사랑한다.

제아무리 체린이 철의 여인이라 하더라도 결국 XX염색체를 보유하고 있는 여자다. 그녀도 민철의 마음을 주기적으로 확인하고 싶다는 생각을 늘상 품고 있다.

게다가 민철은 보통 남자도 아니다.

체린이 보기에는 분명 출중한 능력도 지니고 있을뿐더러, 회사 내에서는 한경배 회장과 서진구로부터 신임을 얻고 있는 사원이다.

그러나 그 덕분에 그의 주변엔 언제나 미인들로 꾸며져 있다.

취업준비생 시절에는 류혜진이.

인턴 시절 때에는 오태희가.

그리고 본사에서 일하고 있는 지금은 한예지라는 강력한 여성이 존재한다.

매번 민철에게 어느 정도 적당히 호감을 가지고 있는 여자들뿐이라서 체린은 사실 많은 조급함을 느끼고 있었다.

그래서 사실 겉으로 보기에는 좋은 타이밍에 약혼 이야기를 꺼낸 것처럼 보일지 모르지만, 그녀의 사적인 욕심도 세밀 많이 들어가 있다.

하나 이런 식으로 민철이 다시 한 번 체린에 대한 애정을 과시한다면…….

그 어떤 여자가 넘어오지 않을까.

"…민철 씨."

그를 올려다보던 체린이 안심한 듯 미소를 지으며, 동시에 창밖을 향해 조심스러운 시선을 유지하며 말을 이어간다.

"최대한 티 안 나게… 알았지?"

"걱정하지 마."

어차피 이 근방 일대는 이매진 마법을 걸어뒀다.

아마 평범한 사람들이 보기에는 그저 정차되어 있는 차량으로밖에 보이지 않을 것이다.

설령.

실제로 차량에 움직임이 심해도(?) 겉으로 보기에는 아무 문제 없는 차량으로 보일 수밖에 없다.

'마법은 이럴 때에도 도움이 되는군.'

물론 이상한 쪽으로 도움이 된 셈이지만 말이다.

*　　　*　　　*

총괄기획부 사무실.

이제는 짐 정리도 끝났고, 본격적인 업무에 돌입하는 일만 남았다.

하지만, 대뜸 황 부장이 사원들을 모아놓고 이런 제안을 한 것이다.

"우리 중에 노조에 한번 가입해 볼 사람?"

"……."

이 무슨 뜬금없는 소리란 말인가.

게다가 심지어 총괄기획부에는 다른 부서가 데리고 있지 못하는 막강한 파워의 소유자가 있다.

바로 한경배 회장의 손녀딸이기도 한 그녀, 한예지의 존재다.

"저기, 황 부장님. 회장님의 손녀님께서 계시는데 노조 이야기를 하는 건 좀 그렇지 않을까요?"

서기남 주임이 살며시 손을 들며 질문하지만, 조 실장은 그저 키득키득 웃으면서 고개를 저어 보인다.

"역시 황 부장님이십니다. 혈연이든 지연이든 그런 건 전혀 신경 쓰지 않는 마이페이스적 업무 처리 능력, 존경스럽습니다."

"진심이 안 느껴지는 존경심, 정말 고맙다."

조 실장이 장난으로 하는 말이라는 걸 황 부장도 진작 알고 있다는 듯이 가볍게 그의 말을 흘려 넘긴다.

그러면서 동시에 예지 쪽으로 시선을 돌린다.

"죄송합니다, 예지 양. 괜히 이런 날을……."

"아니에요. 그것보다 크게 신경 쓰지 말아주세요. 제가 물론 할아버지의… 아니, 회장님의 손녀딸은 맞지만, 괜히 그것 때문에 눈치 보실 거 없어요. 저도 그렇고 회장님도 그렇고 노조에 큰 불만은 없으니까요."

청진그룹은 근로자들에게 쾌적한 환경과 합당한 대우를 제공하는 청결 기업으로도 널리 알려져 있는 회사이기도 하다.

그래서 노조 파업이라든지 이런 사건은 거의 제로에 가깝다 할 수 있다.

실제로 노조 관련 문제로 미디어를 탄 적도 없다시피 했으니 말이다.

그렇기 때문에 근로자 대우에 관한 내용을 담은 작은 기사가 나왔다는 것만으로도 인사팀, 총무팀이 부장급부터 순차적으로 완전히 상급자들에게 박살이 난 것이다.

군대로 치자면 내리갈굼이라고 할까.

"자자, 누가 노조에 한번 가입해 볼 거냐?"

재차 아까 했던 말을 반복하는 황 부장.

세상에, 노조 가입을 권유하는 부장이라니.

딱히 황 부장도 노조에 가입되어 있다거나 한 그런 신분은 아니다.

그럼에도 불구하고 그가 일부러 노조 가입을 권유하는 건.

필히 무슨 책략이 있으리라.

"제가 한번 가입해 보겠습니다."

손을 번쩍 들고 먼저 솔선수범을 보이는 인물은 다름이 아닌……

"이 대리라… 나쁘진 않지."

스스로 지원한 민철을 보며 고개를 끄덕이는 황 부장이 만족스러운 미소를 띤다.

어차피 예지와 황 부장은 애초에 후보에서 제외된다. 한 부서를 이끄는 리더와 회장의 손녀딸이 노조에 가입하는 건 좀 그렇기도 하고 말이다.

조 실장은 딱 봐도 귀찮으니 하기 싫다는 게 보이고, 서 주임은 황 부장의 계책을 소화하기에는 너무 융통성이 없어 보인다.

심지어 로봇이라는 별명도 돌고 있으니 말이다.

그렇다면 결론은 민철밖에 없다.

"그럼 민철아."

황 부장이 가볍게 민철의 어깨를 토닥여 주며 이렇게 말한다.

"니가 노조에 가서 한바탕 깽판 좀 부려줘야겠다."

*   *   *

점심시간이 다가오자, 기다렸다는 듯이 자리에서 일어서는 사원들이 각각 점심 약속을 잡기 시작한다.

영업 2팀도 마찬가지.

하나둘씩 회사 건물 내, 혹은 외부에 있는 가게로 옹기종기 그룹을 만들어 이동할 무렵이었다.

"앗차……."

12시 30분.

외근으로 인해 뒤늦게 사무실로 복귀한 영업 2팀 소속의 한상술 과장이 텅 비어 있는 사무실을 바라본다.

"뭐… 30분 동안 기다려 줄 사람도 없을 테고."

최대한 빨리 온다고 하긴 했는데, 미팅이 예정했던 시간보다 제법 오래 걸렸다.

"평소에는 그렇게 말을 많이 하는 사람이 아니었는데, 오늘은 좀 이상하긴 했지."

그래도 거래처 상대방이니 말을 안 들어줄 수도 없고 말이다.

그 덕분이라고 할까. 예정된 시간보다 30분이나 늦어진 탓에 본의 아니게 혼자서 점심을 해결해야 할 상황이 오게 된 것이다.

"올 때 컵라면이나 사올 걸 그랬나."

혀를 차면서 편의점으로 향하기 시작하는 한상술의 발걸음.

엘리베이터를 타기 위해 복도를 걸어가던 그의 귀에 알은척하는 사람의 목소리가 들려온다.

"한 과장님!"

스윽 고개를 돌려 자신을 부른 목소리의 주인공을 확인하기 시작하던 한상술이 반가운 표정으로 마주 인사한다.

"아니, 이게 누굽니까. 이 대리님 아니십니까?"

"하하, 그냥 편하게 불러주세요. 과장님께서 대리인 저한테 오히려 존칭을 사용하니까 좀 이상한데요."

"그렇다면야……."

머쓱하게 머리를 긁적여 보이던 상술이 살짝 지친 내색을 억지로 지운다.

그러나 짧은 순간에 이 변화를 눈치채지 못할 민철이 아니다.

"피곤해 보이십니다. 어디 외근이라도 갔다 오셨나요?"

"예. 조금 먼 곳으로 출장을 갔다 왔거든요. 그래도 점심시간 이전엔 돌아올 거라고 생각했었는데, 제 착각이었나 봅니다."

"그럼 같이 식사라도 하시죠. 마침 저도 늦은 점심을 하기 위해서 내려가려던 찰나였거든요."

"아, 그렇습니까?"

반가운 기색을 여과 없이 드러낸다.

그 순간, 민철은 속으로 작은 감탄을 자아낸다.

'조 실장의 정보가 맞군. 게다가 일부러 시간 계산까지…….'

사실 민철은 일부러 한상술을 기다리고 있었다.

그것도 조 실장의 든든한 서포트를 받고서 말이다.

엘리베이터 안에 몸을 실은 두 남자.

그 와중에 딱히 마땅하게 할 말이 떠오르지 않은 모양인지 상술이 연신 오늘 겪었던 일을 토로한다.

"…평소에는 과묵하던 사람이 오늘따라 말이 많아서 좀 놀랐습니다."

"저 말씀이십니까?"

"아니요, 민철 씨가 아니라 오늘 미팅 가졌던 거래처 상대방이요. 중국에서 사업 하나 크게 하시는 분하고 오랜만에 만났거든요. 그쪽에서 먼저 연락이 오기도 했고요."

"과연, 그렇군요."

"연락도 닿았으니 얼굴도 볼 겸, 그리고 인맥도 다질 겸 해서 한번 갔다 왔습니다. 우리나라에서 인맥이란 상당히 중요하거든요. 특히나 저 같은 경우엔 노조 조합장까지 겸하고 있어서 언제 권고사직을 당할 수 있을지 모릅니다. 여기저기 제가 일할 수 있는 자리 하나 정도는 확보해 두는 편이 신상에도 좋죠."

"그렇게 걱정하시는 것과는 다르게 주변 평가는 그렇게까지 한 과장님에 대한 쓴소리를 하진 않던데요."

"본래 사람이라 함은 영악한 생물입니다. 앞에서는 사탕발림을 하고 뒤에서는 칼을 갈고 있을지 모르는 사람들이 대다수거든요. 특히나 요즘 시대에선 함부로 사람을 믿어선 안 됩니다. 신을 믿는 건 자유지만, 사람을 믿는 건 가려야 할 필요가 있지요."

"그렇군요."

"그냥… 민철 씨보다 사회적인 경험이 많아서 해보는 말이니 그냥 넌지시 흘려듣기 바랍니다. 하하하."

겉으로는 천사 같을지 모르지만 속은 악마 같은 사람도 더러 있다.

천사로 둔갑한 악마.

이 얼마나 무서운 존재일까.

그러나 굳이 상술이 이런 충고를 들려주지 않아도, 민철은 그간의 세월 동안 수많은 사람들과 마주해 왔다.

오히려 인생 경험을 따지자면 민철이 상술보다도 압도적으로 많을 터.

하나 상술은 민철이 현대 시대로 다시 회귀했다는 걸 모른다.

오히려 아는 게 더 이상하겠지만 말이다.

"사람을 함부로 믿지 마라… 좋은 말씀이시군요."

"제가 이런 말 하고 다닌다는 거, 어디 가서 떠벌리고 다니시면 안 됩니다. 저도 이미지라는 게 있으니까요."

"걱정하지 않으셔도 됩니다. 제가 입이 무거운 편이거든요."

"하하하. 믿음직스럽습니다."

너털웃음을 터뜨리며 민철의 말에 반응을 보여주는 상술.

그사이, 엘리베이터는 1층에 도달했음을 알리는 신호 음을 들려준다.

자연스럽게 엘리베이터 바깥으로 나오자 상술이 그나마 같이 밥을 먹을 수 있는 상대가 생겨서 기분이 좋아진 모양인지 시원스럽게 제안을 한다.

"점심은 제가 사겠습니다. 드시고 싶으신 거 있으십니까?"

"그렇게까지 하지 않으셔도……."

"괜찮아요. 점심 정도는 부담 가지지 않아도 됩니다."

"그럼……."

상대방의 호의를 단칼에 거절하는 것도 그 상대방의 기분을 상하게 만들 수 있다.

적당히 예의상 한 번 정도 거절해 주는 것도 좋지만, 보다 많은 횟수로 재차 거절 의사를 표명하는 건 오히려 역효과를 만들 수 있다.

민철은 그 사실을 잘 알고 있기에 두 번째 제안에서 적당히 상술의 호의를 받아들이기로 한다.

그러면서 동시에 상대방이 금전적으로 심한 부담감을 느끼지 않을 적당한 가게를 머릿속에서 물색한다.

"제가 잘 아는 백반집이 있는데, 그쪽으로 가도록 하죠. 필히 한 과장님께서도 마음에 들어 하실 겁니다."

"오, 기대되는군요."

자주 홍보팀 식구들과 갔었던 그 백반집으로 안내하기 시작한다.

그러면서 민철은 조 실장과 나눴던 대화를 다시 한 번 떠올린다.

＊　　＊　　＊

"노조에 가입하려면 우선 주변의 눈을 피해야겠지."

곧장 민철의 자연스러운 노조 가입 프로젝트 회의에 들어가게 된 5인의 총괄기획부 팀원들.

황 부장의 말에 조 실장이 고개를 끄덕인다.

"그렇겠죠. 청진그룹이 아무리 노조에 대한 가입 제한이 없다시피 하더라도 가입 이야기가 오고 가는 건 회사 내부 사람들에게 좋은 면으로 보이진 않으니까요."

"즉, 둘만의 시간을 만들어야 한다는 것인데……."

"뭔가 어감이 이상하군요. 크크큭."

조 실장이 터져 나오려는 웃음을 필사적으로 참는다.

졸지에 놀림거리가 된 민철이었으나, 정작 당사자는 별로 크게 신경 쓰지 않는 모양인가 보다.

"멀쩡히 애인분도 있는 사람한테 그게 무슨 소리인가."

"농담입니다, 하하."

결국 황 부장이 중재를 나섬으로써 간략한 농담 타임은 끝나게 되었다.

"아무튼 어떻게 하면 자연스럽게 두 사람이 서로 만날 시간을 가지게 하느냐가 문제인데."

"아, 그거라면 제가 해결해 드리겠습니다."

다시 한 번 조 실장이 자신의 존재감을 어필한다.

"한상술 과장이 잘 알고 지내는 지인이 있는데, 그 지인이 내일 입국한다 하더군요. 제가 아는 사람이기도 하니 간만에 연락 좀 하라고 해서 시간을 끌어보라고 하겠습니다."

"시간을 끌라고 한 뒤에는?"

"한 과장은 혼자서 밥을 먹는 걸 별로 좋아하지 않는 성격이거든요. 어중간한 점심시간에 다시 사무실로 들어오게 만든 뒤, 마치 우연히 민철과 만난 것처럼 해서 식사라도 제안하게 끔 하면 됩니다. 한상술 과장의 혼자 밥 먹기 싫어하는 습성을 이용하면 지극히 간단할 테지요."

"가게는 어느 쪽으로 잡는 게 좋을까. 회사 근처라면 분명 우리 회사 사원들 한두 명 정도는 포진되어 있을 텐데?"

"아, 그거라면 이 대리가 잘 아는 가게가 있습니다. 이 대리, 자네 홍보팀에 있을 때 자주 가던 그 백반집, 기억하지?"

대뜸 지목을 받게 된 민철이 과거의 기억을 다시금 회상해 본다.

"예, 기억합니다."

"제가 아는 사람들을 통해서 가급적이면 그쪽 가게는 가지 않게끔 잘 말해두겠습니다."

"도대체 조 실장님이 아시는 분이 얼마나 되시길래 그런 게 가능하다는 건가요?"

궁금증을 참다못해 묻는 예지를 향해 조 실장이 별거 아니라는 식으로 대답한다.

"우리 회사 사원들은 기본적으로 다 알고 지내는데?"

"……."

역시나 조 실장.

청진그룹 내부에는 여러 가지 '왕' 의 형태가 존재한다.

눈치의 왕인 구 부장.

아부의 왕인 서수준 실장.

그리고 총괄기획부로 오게 된 조성민 실장의 포지션은 바로 '인맥의 왕' 이다.

사내뿐만이 아니라 회사 외부적으로도 무수한 인맥을 자랑하는 그의 이러한 점 때문에 한경배 회장은 진작부터 조성민 실장을 자신의 세력으로 포섭하기 위해 눈독을 들이고 있었다.

"인맥이라는 건 별거 없어. 그저 얼굴만 익히고 있는 사이라 하더라도 그게 다 인맥이 되지. 인맥 라인 관리에 있어서 그 사람이 내 인맥이 될 수 있는지 없는지 판별 가능한 기준은 바로 '초면' 과 '구면' 이야. 초면만 아니라면… 그러니까 즉 구면이라면 그 사람은 나의 인맥 라인에 포함되는 거지."

"조 실장님은… 회사 사람들과 전부 다 최소 한 번 이상은 만나봤다는 뜻이잖아요, 그렇다면요."

"물론이지."

"그건… 좀 많이 대단하네요."

겉으로 보기엔 나태함을 상징하는 뱃살이 다수 붙어 있는 조 실장이었지만, 그의 인맥 관리는 실로 기계적이고 철저하다.

"내일 점심, 그러니까 즉 수요일 하루 정도는 회사 내에 제가 아는 사람들을 모두 동원해서 그 백반집은 피하게끔 말해두겠습니다."

"그럼 그건 조 실장에게 맡기도록 하지. 나머지는……."

조 실장의 인맥 파워로 만들어놓은 무대에서 활약할 당사자.

"이 대리, 자네의 능력에 따라 달렸어."

"예, 알겠습니다."

무대 위에 올라선 민철은 그저 속으로 식은 죽 먹기라는 듯이 미소만을 지을 뿐이었다.

그간 처세술을 통해 자신의 말발이 통할 법한 무대를 꾸려온 그 아니겠는가.

미리 갖춰진 무대에서 활약만 하면 된다는 일은 그 어느 때보다도 간단하게 다가왔다.

*   *   *

민철은 매번 홍보팀 멤버들과 함께 오던 가게를 오늘은 타 부서인 한상술 과장과 둘이서 오게 되니 기분이 뭔가 색다르게 다가왔다.

"맛있게 드시유!"

"감사합니다."

하나둘씩 놓이는 만찬에 한 과장이 만족스러운 시선을 보내오기 시작한다.

"오, 제법 괜찮군요. 게다가 가격도 5천 원이면 제법 적정선이기도 하고요."

"하하, 그런가요?"

"예. 어디 보자, 맛은… 음! 맛있기까지 하구요."

다행히도 한 과장의 입맛에는 맞나 보다.

좋은 이야기에는 좋은 음식과 먹거리가 빠지면 섭하니 말이다.

"회사 생활은 좀 어떤가요?"

한 과장의 당연한, 어찌 보면 식상하고 정형화된 패턴의 질문이 들려온다.

그러나 민철은 오히려 이 질문을 기다리고 있었다.

"요즘 좀 많이 힘든 거 같습니다."

"힘들다니요. 무슨 일이라도 있나요?"

"그게……."

슬쩍 주변을 둘러보는 민철의 모습에서 한 과장의 눈빛이 가늘어지기 시작한다.

타 부서 사람에게 뭔가 고충을 털어놓는다.

같은 부서 사람에게는 털어놓을 수 없는 무언가.

이건…….

"황 부장님이 너무 좀 가혹하게 사원들을 부리신다고 해야 할까요… 처음 창설된 부서라 그런지 여러모로 고생 좀 하고 있습니다. 타 부서에 비해서 뭔가… 불합리한 경우가 좀 많이 느껴진다고 해야 할까요."

"오호."

짧은 탄식을 자아내는 한 과장.

이 말의 패턴은 매우 익숙하다.

"하아, 너무 힘듭니다. 대기업이라곤 하지만 이건 좀… 마침 또 얼마 전에 실린 그 부당노동행위에 관한 기사도 좀 거슬리고요."

"부당노동행위라… 그런 일을 당하신 겁니까?"

"글쎄요. 전 노동법을 잘 몰라서… 어느 경우에 부당노동행위가 성립되는지도 잘 모르겠습니다."

"민철 씨."

기다렸다는 듯이 한 과장이 넌지시 하나의 제안을 던진다.

"노조에 가입할 생각 있습니까? 힘드시면 언제든지 노조가 도와드릴 겁니다."

그 순간.

살짝 고개를 숙이고 있던 민철의 입가에 한 과장이 눈치채지 못할 만큼 아주 미약한 미소가 새겨진다.

그와 동시에 속으로 쾌재를 내지른다.

'걸려들었군!'

*   *   *

노조에 가입하라.

그 미션은 상당히 수월하게 이행할 수 있었다.

애초에 노조 조합장이라 한다면 보다 많은 조합원들을 모으려고 할 것이다.

노조에 가입되어 있는 근로자들이 많아질수록 노조의 힘이 강해지기 때문이다.

게다가 청진그룹은 노조에 딱히 제안을 두지 않는 회사다.

노조의 입장에선 이만큼 좋은 기업도 찾아보기 힘들 것이다.

"이거 참, 예상치 못한 일이군요."

장소를 옮겨 휴게실에서 민철의 노조 가입을 성공리에 마친 상술이 믿기지가 않다는 표정으로 말한다.

"회사 내에서 그 유명한 이민철 씨와 함께하게 될 줄 말입니다."

"하하, 그렇습니까?"

"게다가 친회장 세력이기도 한 총괄기획부에 소속되어 있음

에도 불구하고 노조에 가입되어 있는 건 정말 놀라운 일이기도
하죠."

"제가 생각해도 그렇습니다."

회장의 세력임에도 노조에 가입했다는 건 분명 서진구나 한
경배 회장의 귀에 들어간다면 상당히 거슬리는 내용일 것이
다.

그렇기 때문에 민철은 작은 당부를 하게 된다.

"가급적이면 이 일은……."

"굳이 민철 씨의 가입 여부를 제 입으로 퍼뜨리거나 하지 않
겠습니다만, 그래도 노조 활동이 있을 때에는 가급적이면 참석
해 주셨으면 합니다."

"물론입니다."

그 약속만 받아낸다면 상술로선 민철의 제안에 대해 별다른
이견을 제시할 생각은 없었다.

"그보다도 총괄기획부에서 민철 씨를 내쫓으려 한다는 거…
정말입니까?"

식당에서 민철에게 들었던 말을 되새기기 시작하는 상술이
었다.

민철은 그에게 이런 식으로 말을 했다.

총괄기획부에서 자신을 내쫓기 위해 일부러 부당하고 과다
한 업무 지시를 일삼고 있다고 말이다.

"그런 거 같습니다."

"내쫓으려 한다는 건… 심적인 측면입니까?"

"아니요. 이건 확실합니다."

민철의 표정에 진지함이 어리기 시작한다.

그러면서 동시에 과거를 회상하듯 자연스럽게 말을 이어간다.

"제가 들었거든요."

"듣다니… 무엇을 말입니까?"

"우연치 않게 서진구 부사장과 황고수 부장이 주고받는 대화가 얼핏 들려오더군요. 마침 바깥에서 막 사무실 안으로 들어가려던 찰나에 뭔가 이상한 낌새를 눈치채고 몰래 엿들었더니… 저를 내치자는 말을 들었습니다."

"흐음, 그렇군요."

청진그룹 중 청진건설 지분을 받게 된 서진구는 최근 부사장이라는 지위를 물려받음과 동시에 총괄기획부와 더불어 한경배 회장을 전면적으로 서포트하기 시작했다.

아마도 서진구가 황 부장에게 민철을 내치라고 말한 건…….

"민철 씨, 최근에 친회장 세력분들에게 밉보일 만한 행동을 했습니까?"

"아니요, 딱히……."

"이상하군요."

총괄기획부는 서진구 부사장, 그리고 한경배 회장이 직접 사내에 유능하다고 불리는 인재들을 손수 모은 친회장 세력 집단이다.

그런데 왜 이제 와서 갑자기 민철을 내친단 것일까?

게다가 총괄기획부가 창설된 지 얼마 되지도 않았다.

다른 누구도 아닌 민철이 부당한 대우를 받아 권고사직을 받을 위기에 처했다는 건 상식적으로 생각해도 말이 안 된다.

이것이 바로 민철에게 있어서 노조 가입을 성사시키기 위한 가장 커다란 걸림돌이다.

그래서 민철은 개인적으로 한 가지 트릭을 더 준비해 왔다.

"혹시 이것 때문이 아닐까요."

"뭔가 있습니까?"

"남성진 씨와 최근에 자주 접촉하는 일이 많았습니다. 아마도 그것 때문에 괜한 오해를 산 거 같습니다만……."

"과연, 그렇군요."

물론 이것도 거짓말이다.

동기이기도 한 남성진과 이민철.

두 사람은 사실 그리 친하지 않다.

접촉을 한다 하더라도 업무상 관련 일이 아니면 동기 친목회, 그 밖에 다른 이유는 없다.

그럼에도 불구하고 민철은 능수능란하게, 그것도 아주 자연스럽게 남성진이란 존재를 팔아버린 것이다.

남성진과 자주 접촉하기 시작했다면 분명 서진구 부사장,

그리고 황고수 부장의 눈 밖에 날 만한 짓을 한 셈이기도 하다.

남성진은 다른 누구도 아닌 반회장 세력파의 대표적인 인물인 남우진의 아들이다.

'아마도 민철 씨가 남성진 씨와 자주 접촉을 가진다는 정보를 접한 순간, 민철 씨가 부사장 세력에서 파견된 스파이 노릇을 하고 있을지도 모른다는 생각을 했나 보군.'

상술은 자연스럽게 이 모든 정황을 머릿속에서 퍼즐을 짜맞추듯 완성시킨다.

"일단 차후에 시간을 내서 조금 더 민철 씨의 이야기를 들어 보도록 하죠. 마침 이번 주 주말에 노조 모임이 별도로 마련되어 있으니 참석해 주시면 감사하겠습니다."

"네, 감사합니다."

"그럼 주말에 뵙도록 하죠. 장소와 시간은 별도로 제가 문자로 알려 드리겠습니다."

그렇게 말하며 상술이 자리를 뜬다.

한편.

그의 사라지는 뒷모습을 바라보던 민철이 쓴웃음을 내짓는다.

"성진 씨한테 나중에 밥 한 끼 사야겠군."

*　　　*　　　*

"……."

볼펜을 빙글빙글 돌리던 남성진.

그답지 않게 뭔가 사심에 가득 잠긴 듯한 모습에 지나가던 선임이 슬쩍 말을 걸어본다.

"뭐가 그리 생각할 게 많아?"

"…아무것도 아닙니다."

"아무것도 아니긴. 엄청 근심 어린 표정인데?"

"그렇게 보입니까?"

"어, 그래 보인다."

총무팀 내에서도 눈앞에 있는 직장 선배는 남성진을 두려워하지 않기로 잘 알려져 있다.

철면피인지, 아니면 애초에 이 사람의 성격이 남성진의 가정환경 같은 걸 잘 신경 안 쓰는 것인지 알 수가 없으나.

성진의 입장에도 사무실 내에 이런 사람 한두 명 정도는 있어주는 게 편하다.

왜냐하면 너무 '부사장의 아들이 우리 부서에 있다' 라는 심리적인 압박이 총무팀 사무실 내부를 옭아매면 24시간 딱딱한 분위기가 연출되기 때문이다.

"커피라도 한잔할래? 아니면 담배?"

"전 담배 안 피웁니다. 선배님도 잘 아실 거라 생각합니다만."

"미안, 미안. 잊고 있었네. 하하하!"

너털웃음을 터뜨리며 괜한 무안감을 흐리게 만든다.

그건 둘째 치고.

성진의 머릿속에 가득 차 있는 건 흡연 여부도, 그리고 커피를 마시고 싶다는 욕망도 아니다.

바로 이민철이 난데없이 제안한 '동맹'이었다.

'성진 씨의 도움이 없이는 아마도 저희 작전은 성립되기 힘들 겁니다.'

대뜸 이렇게 말한 민철은 자신에게 이런 요구를 해왔다.

'우리 서로 자주 만나는 척합시다.'

'척… 입니까?'

'실제로 만나는 것도 괜찮고요.'

'전 이성애자입니다만.'

'하하, 그런 의미가 아닙니다.'

농담이라 생각했는데, 민철은 아마도 다른 쪽으로 진담인 모양인가 보다.

그가 도대체 무슨 생각을 하고 대뜸 자신에게 이런 가짜 지인 연기를 해달라고 하는지 모르겠으나.

성진의 귀를 사로잡는 제안이 또 있었다.

'이번 노조 사건을 해결할 수 있는 무대입니다. 그 무대 위에' 남성진 '이라는 세 글자를 배우 명단에 올려놓을 수 있는 기회가 될 겁니다.'

'총괄기획부가 무슨 꿍꿍이를 꾸미고 있나 보군요.'

'이미 행동에 들어갔습니다. 아마 저희가 먼저 선수를 칠 거 같더군요.'

'……'

총무부는 그저 부당노동행위에 대한 인터뷰를 승낙했던 전 청진그룹 근로자들을 찾아 전화로 사정사정을 하며 왜 그런 말을 했는지 제발 말해달라고 매달릴 뿐이었다.

인사팀도 비슷하긴 마찬가지다.

하지만 총괄기획부는 다른 식으로 이번 문제를 해결하기 위한 방식을 고수하고 있다.

물론 그 정확한 계획은 성진으로서는 잘 모른다.

민철이 이야기해 주지 않는 이상은 말이다.

'…협력이라.'

어차피 지금 당장은 '총무부 소속 남성진 대리' 라는 타이틀을 맡고 있지만, 사실 성진으로서는 개인 커리어를 쌓는 걸 최우선으로 삼고 있다.

그리고 어차피 자신도 총괄기획부의 성과에 이름을 올리게 된다는 건 다시 말해서 총무팀도 총괄기획부와 같이 사건을 해결하게 되었다는 일종의 명목을 획득할 수 있을 것이다.

개인으로 보나, 그리고 팀으로 보나 모든 쪽으로 성진에겐 이득이다.

한 가지 사실만 제외하고 말이다.

이번 노조 문제 관련 해결을 위한 무대는 총괄기획부, 그 중에서도 이민철이 주역 배우를 담당하고 있다.

남성진은 그저 '엑스트라' 배역에 불과하다.

그게 성진의 자존심을 건드리고 있었다.

선택해야 한다.

자존심이냐.

아니면 일의 원만한 해결이냐.

잔혹하게도…….

이미 대답은 정해져 있었다.

'…좋습니다.'

남성진의 한마디로 인해 두 남자의 계약이 성사되는 순간이었다.

*   *   *

토요일 오전.

아침부터 눈을 뜬 민철은 이른 오전에 방문을 서두른 체린의 아침 식사를 맞이하고 있었다.

"어때, 맛있어?"

"…맛있군."

얼마 전에 벌였던 차에서의 급진적인 애정 행위(?) 이후로부쩍 체린의 행동이 적극적으로 변했다.

주말에 찾아와서 모든 식사를 직접 자신의 손으로 요리해

주는 건 물론이요, 통화 횟수라든지 메시지를 주고받는 간격도 더더욱 짧아졌다.

'여자란 정말 솔직한 존재로군.'

속으로 쓴웃음을 내짓는 민철이었으나, 그만큼 자신을 더 좋아하게 된 체린이 민철은 마음에 들기도 했다.

자신을 좋아해 주는 사람이 있는데 그 사람이 밉게 보일 리는 거의 없을 터.

"오늘 일정 있어?"

"아."

민철이 짧은 탄식을 내뱉자, 순간 체린의 미간이 살짝 찡그려진다.

"무슨 일정인데."

"노조 모임."

"노조? 민철 씨… 노조에 가입한 거야?"

"그렇게 되었어."

"하아."

옅은 한숨을 내쉰 체린이 긴 머리카락을 쓸어내리며 충고하듯 말한다.

"어렵게 들어간 대기업에서 부당하게 해고당하는 일이 없기만을 바랄게."

"설마 그럴 리가."

"물론 나도 청진그룹이 노조에 대해 다른 기업보다는 훨씬

관대하다 들은 적이 있지만, 그래도 다른 사람들과 내 남편이
될 사람은 엄연히 다르지. 팔은 안쪽으로 굽는다고 하잖아? 같
은 일을 한다 하더라도 난 민철 씨가 더 주의하고, 그리고 회사
에 밉보일 짓은 안 했으면 좋겠어. 우리 두 사람의 미래를 위해
서라도."

"주의하도록 하지."

"뭐… 어차피 민철 씨 능력이라면 오히려 우리 회사에 와서
일하는 게 더 좋을지도 모른다는 생각도 하지만."

민철도 머메이드라는 브랜드가 청진그룹을 압도하는 자본
력을 지니게 된다면 오히려 고차원적 존재와의 내기도 수월해
질 거라는 생각이 들곤 한다.

체린과 결혼하면, 곧 머메이드는 자신의 것이 되지 않겠는
가.

그러나 세상은 언제나 그렇듯 호락호락하지 않다.

청진그룹이 쓰러지지 않는 자본주의의 상징이라고 불리는
이상, 그 정상의 탑에 올라서야 하는 건 변하지 않을 것이다.

*　　　*　　　*

근처에 있는 고깃집으로 향한 민철은 속속들이 모여드는 사
람들을 쭉 훑어보기 시작한다.

"아직 전부 모이지 않았습니다."

"그렇군요."

민철의 시선을 눈치챈 모양인지 상술이 빙그레 웃으며 긴장하지 말라는 듯이 어깨를 토닥여 준다.

"모두 우리 식구들이니 너무 긴장하지 않으셔도 됩니다."

"예, 알겠습니다."

그렇게 한두 명씩 옹기종기 모여들고 있을 무렵.

"어머, 민철 씨 아니에요?"

"……!"

놀란 눈동자로 자신을 부른 여성을 바라본다.

"당신은……."

"벌써 잊으셨나요?"

아니, 잊을 리가 없다.

오히려 그녀가 이 자리에 나올 것이라고 예상하지 못했기에 당황했을 뿐.

천연덕스럽게 민철의 옆자리를 차지하며 앉은 여성이 활짝 웃어 보이며 당돌하게 스스로를 소개한다.

"경영지원팀의 추화연이에요."

고차원적 존재가 둔갑한 인간 여성, 추화연이 노조 모임에 모습을 드러낸 것이다.

*　　　*　　　*

'어째서 이 여자가……'

속으로 난색을 표하는 민철.

그녀는 보통 인간이 아니다.

바로 고차원적 존재가 인간으로 둔갑한 모습이다.

그러나 그녀는 천연덕스럽게 민철의 옆에 앉으면서 친분을 과시한다.

"민철 씨도 설마 노조에 가입하셨을 줄은 몰랐네요. 회장님 세력과 친하다고 들었는데 말이죠."

그 말을 듣자마자 주변에 있던 노조원들이 민철을 향해 시선을 돌린다.

물론 여기에 있는 노조원들 중에서도 민철이 친회장 세력이라는 건 몇몇 알고 있는 사실이다.

하나 아직까지 제대로 모르는 사람이 대다수다.

"그러고 보니……"

"이민철 씨, 저 사람 분명… 회장이 직접 만든 '총괄기획부' 소속 아닌가?"

"어째서 회장 세력 사람이 우리 노조에……"

불신이 가득 깃들기 시작한다.

설마 스파이가 아닐까?

행여나 그가 노조원들의 신상을 파악해 예상치 못한 일격을 날릴 수 있다는 불안감이 노조원들의 눈동자에 비친다.

'일났군……'

추화연 덕분에 졸지에 민철은 첫 만남부터 조합원들에게 따가운 눈초리를 받는 신세가 되어야 했다.

속으로 화연을 엄청 욕할 수밖에 없었던 민철이었다.

그 순간.

"자자, 진정들 합시다. 민철 씨가 비록 총괄기획부에 소속되어 있다고는 하지만, 그래도 엄연히 부당한 대우를 받는 '근로자' 입니다. 저희들의 동료라고요."

"총괄기획부에 소속되어 있는 사람이 어째서 부당한 대우를 받는다는 겁니까? 그 부서는 회장님이 직접 지원해 주는 특별한 부서라고 알고 있는데요."

변론을 해준 한상술에게 대뜸 다른 조합원이 시비를 걸고넘어진다.

이것도 충분히 예상했던 일이다.

그렇기에 민철은 보험을 미리 준비해 온 것이다.

"확실히 제가 친회장 세력에 속해 있는 건 맞습니다. 하지만 최근에 그 총괄기획부가 강압적으로 저를 퇴사시키기 위해 압력을 가해 저는 부당한 대우를 받으며 근무하고 있습니다. 근로기준법에 명시되어 있는 법정 근로시간에 초과된 과도한 근무를 시키는 등 저를 내치기 위해 온갖 수단과 방법을 가리지 않고 있습니다."

"같은 세력끼리 그게 무슨 말도 안 되는 말인지 이해가 안 됩니다."

"옳소!"

조합원들의 목소리가 더욱 커지기 시작한다.

바로 그 순간.

"저 때문입니다."

문을 열고 들어오는 한 남자 덕분에 순간 분위기가 더더욱 싸하게 얼어붙기 시작한다.

바로 청진전자 부회장의 아들, 남성진의 등장 때문이었다.

*   *   *

"어, 어째서 부사장님 아드님이······?!"

"아시는 분들이 계실지 모르지만, 민철 씨는 저와 같은 동기이기도 합니다. 그래서 자주 만나거나 하는 일도 가끔 있긴 한데, 아무래도 총괄기획부의 황고수 부장님은 민철 씨가 저와 빈번한 만남을 가지는 것을 보고 아마 '스파이' 노릇을 하고 있는 게 아닐까 추측하신 모양인가 봅니다. 그래서 총괄기획부가 단체로 작정을 하고 민철 씨에게 강압적으로 퇴사의 압박을 넣고 있지요."

"그, 그런······."

부사장의 아들이 나타나자마자 조합원들이 눈빛에 또다시 불신의 빛을 띠기 시작한다.

회장이나 부회장이나, 결국 근로자들에게 있어선 고용주라는 신분에 변함이 없다.

남성진이 나타나 민철을 변론해 준다 하더라도 과연 그게 통할까.

그러나 남성진은 이들의 마음에 또 한 번의 변화를 일으킨다.

"제 아버지는 반회장 세력의 수장입니다. 한경배 회장의 견제 세력이 될 수 있다면 어느 세력이라도 손을 뻗을 겁니다. 그게 설령……."

남성진의 눈빛이 가늘게 빛나기 시작한다.

"노조라도 말입니다."

"……!!"

남성진은 방금 부회장의 아들로서 굉장히 의미심장한 말을 내뱉은 셈이다.

부회장의 지원을 받을 수 있다?

그렇다면 노조의 힘은 더욱 강력해지는 게 아닌가!

물론 부회장 세력 또한 100% 믿을 만한 세력이라고 할 수는 없지만, 그래도 든든한 아군을 얻을 수 있다는 말에 이들의 동공은 크게 흔들리고 있었다.

딱히 한경배 회장이 잘못한 것은 아니다.

그러나 사람이 한번 권력이란 이름의 힘을 잡기 시작하면 끊임없이 권력욕을 추구하게 마련이다.

노조 또한 마찬가지다.

특히나 조합장을 맡고 있는 한상술이라고 거기에 배제될까.

'이거… 생각지도 못한 호박이 넝쿨째 들어왔군!'

남성진의 배후와 이민철이란 이름의 우수한 스파이를 곁에 둔다면.

제아무리 노조라 하더라도 분명 무시하지 못할 힘을 얻게 될 것이다!

"어, 어흠."

"그렇다면야 뭐……."

사람들이 마음을 추스르며 다시 자리에 앉는다.

그렇다 하더라도 부회장의 아들이 이 자리에 머무는 건 조합원들로서 상당히 불편한 자리를 만들게 할 수도 있다.

이 자리는 엄연히 '노조 모임' 이기 때문이다.

"그럼 전 먼저 실례하겠습니다."

"아, 성진 씨. 같이 식사라도……."

상술이 예의상 식사 권유를 해보지만, 성진도 상술의 제안에 명목상이라는 것을 잘 알고 있기에 거절한다.

"잠깐 일이 있어서 가봐야 합니다. 이 자리에는 그저 저의 '친한' 동기인 민철 씨를 변론해 주고자 왔을 뿐이니 크게 신경 쓰지 마시길."

"그… 렇군요. 그럼 조심해서 들어가세요."

"예, 감사합니다."

고개를 끄덕이며 가게 바깥을 나온 남성진.

그가 사라질 때까지 그 누구도 말을 하고 있지 않다가, 이내 민철에게 가장 처음으로 시비를 걸었던 남자가 슬쩍 다가온다.

"이거 참… 제가 괜한 소리를 했군요. 미안합니다."

"하하, 괜찮습니다. 충분히 오해할 만한 위치에 서 있으니까요. 저란 사람은 말이죠."

"자자, 사과의 의미로 여기 술 한 잔 받으시기 바랍니다."

콸콸콸.

술잔에 가득 술을 채워주는 남성의 넉살스런 모습에 민철은 그저 속으로 쓴웃음을 짓는다.

그러나 겉으로는 최대한 자연스런 미소를 유지하며 잔을 든다.

"어이쿠, 이거… 너무 많지 않습니까."

"하하하! 제 성의가 이 정도입니다. 물론, 원샷입니다."

"이거 참……."

난감하다는 듯이 머리를 긁적이던 민철이었지만, 이내 잔을 들고 그대로 원샷한다.

벌컥벌컥벌컥!

"푸하!!"

"이야! 민철 씨, 잘 마시네!!"

"오늘 민철 씨 노조 가입을 축하하며 잔 한번 듭시다!"

"예, 그럽시다!"

여기저기서 민철의 노조 가입을 축하해 주기 위해 너도 나도 술잔을 채우기 시작한다.

대낮부터 벌어지게 된 술자리.

민철은 그저 순식간에 반전된 이 분위기에 어울려 주는 척 연기를 할 뿐이었다.

*　　　*　　　*

차를 타고 집으로 돌아온 성진은 아직 다 처리하지 못한 업무를 정리하기 위해 한동안 계속해서 자기만의 시간 속에서 회사 일을 진행하고 있었다.

할 일이 있으면 사무실에 가서 하면 되지만, 성진은 차라리 이렇게 혼자 일을 하는 편을 더 선호했다.

사람들과 함께면 자신이 해야 할 일과에 뭔가 지장이 생긴다.

완벽주의자인 그로서는 상당히 불쾌하고 짜증 나는 일이 아닐 수가 없다.

그래서 주말임에도 할 일이 있는 경우엔 회사에 나가지 않고 이렇게 집에서 홀로 일을 하는 게 이제는 당연한 일과가 되어버렸다.

오늘은 잠시 일이 있어서 바깥에 나갔다 왔을 뿐이지, 이제부터는 다시 회사원으로서의 마인드로 돌아가 일을 해야 한다.

한창 그렇게 업무 시간에 매달려 있을 무렵.

따르르르릉!

아날로그식 벨소리가 울려 퍼지기 시작한다.

스마트폰을 든 성진의 시선이 전화를 걸어온 상대방의 이름을 체크한다.

이민철.

"······."

순간 받을까 말까 고민하던 그였으나, 그래도 이 전화는 받아야겠다는 생각이 든 모양인지 통화 버튼을 누른다.

그러자 주변에서 여기저기 시끄러운 사람들의 고함 소리와 함께 들려오는 민철의 목소리.

―여보세요.

"예, 접니다, 이민철 씨."

―아, 이 번호가 맞군요. 틀리지 않아서 다행입니다.

민철로서는 사실 개인적으로 성진에게 전화를 걸어본 일이 거의 없다시피 하다.

굳이 걸 이유도 없고, 있다 하더라도 동기 친목 모임 아니면 그다지 쓸모가 없었기 때문이다.

그럼에도 불구하고 오늘은 민철 쪽에서 걸어야 했다.

왜냐하면.

―도움을 주셔서 감사합니다.

"······."

민철이 제안한 동맹 작전을 수행하기 위함이었다.

확실히 그 덕분에 민철과 성진, 두 사람은 노조 조합장인 상술을 비롯해 조합원들 다수에게도 '우린 적이 아니다' 라는 이미지를 심어줄 수 있었다.

물론 그 덕분에 성진은 자신의 아버지라는 뒷배경을 팔았어야 했다.

마음에 안 드는 방법이지만, 그래도 이민철과 총괄기획부가 꾸미고 있는 계획에 자신도 이름을 끼워 넣으려면 어쩔 수 없었다.

총무팀과 더불어 인사팀은 제대로 해결할 방법을 찾지 못하고 있다.

그러나 총괄기획부는 다르다.

일찍이 총괄기획부에 내정된 사람들은 하나같이 성진이 전부 인정하고 있는 인재들로 모여 있었다.

물론 그중에서 한예지는 조금 다른 의미로 인정을 받을 수밖에 없었다.

―성진 씨가 와서 변론을 해준 덕분에 일이 수월하게 진행되었습니다.

"다행이군요. 노조 사람들은 마음에 들어 하던가요?"

―예. 덕분에 대낮부터 지금까지 술판의 연속입니다, 하하하.

"그건 좀 피곤하시겠군요."

과열된 회식 자리 자체를 별로 좋아하지 않는 성진이기에 이번만큼은 진심을 담아 말할 수 있었다.

―성진 씨도 시간이 괜찮으시다면 한번 오시지 않겠습니까?

"아니요. 전 바쁜 일이 있어서 못 갈 거 같습니다."

―그런가요? 아쉽군요.

물론 민철의 말이 빈말이라는 건 성진도 잘 알고 있다.

아까도 말했듯이 부사장의 아들인 자신이 노조 친목 모임에 끼어봤자 무슨 도움이 되겠는가.

괜히 분위기만 흐릴 뿐, 아무런 도움도 되지 못할 것이다.

―조만간 노조 진행 상황에 대해 성진 씨에게도 정보를 공유해 드리겠습니다.

"기다리고 있겠습니다."

―그럼…….

뚝.

통화를 종료한 뒤 성진이 의자에 몸을 기댄 채 천장을 바라본다.

"이민철이라……."

자신이 유일하게 라이벌이라 생각하고 있는 남자.

그게 바로 이민철이다.

그러나.

이민철은 자신을 라이벌로 생각하고 있지 않는 듯하다.

아니, 오히려.

"동료라고… 생각하는 건가? 아니면 이용해 먹기 좋은 호구?"

전자든 후자든.

어느 쪽이 되었든 간에 성진은 영 민철의 의도가 마음에 들지 않았다.

＊　　　＊　　　＊

성진에게 안부 인사(?)를 마친 뒤.

통화를 종료한 그에게 화연이 슬쩍 다가와 묻는다.

"술 한 잔 더 할래요?"

"…무슨 짓이지?"

"뭐가요?"

"네 덕분에 괜히 일이 틀어질 뻔했다. 그래도 모른 척하기인가?"

"어머나, 그건 숙녀에게 실례되는 말투네요. 레이디 퍼스트라는 매너, 모르시나요?"

"그건 영국 신사들에게 해당되는 이야기고, 그리고 말투와 레이디 퍼스트는 별로 관계없다고 생각하는데."

"그것도 그럴지도 모르겠군요."

꿀꺽, 꿀꺽!

순식간에 맥주잔 한 잔을 들이켠 화연이 빙그레 웃으며 말한다.

"당신의 계획을 앞당겨 준 거예요."

"방해라고 생각하는데."

"하지만 실제로 제 덕분에 일이 일사천리로 진행되었잖아요? 그리고 어차피 제가 아니어도 민철 씨의 소속 문제는 누군가에 의해 제기될 문제였어요. 그걸 대비해 성진 씨를 대기시켜 놓은 거 아닌가요?"

"……."

"전 그저 기폭장치 역할을 한 것뿐이에요. 어차피 모든 일은 발생하게 마련이었으니까요. 마치 자연의 섭리처럼."

자신 덕분이라는 말을 하는 추화연.

그녀를 바라보며 민철은 애매한 감정을 품을 수밖에 없었다.

그녀는 과연 정말로 아군일까? 아니면 적일까?

아니지.

애초에 기존의 안내 데스크로 둔갑했던 그 존재와 동일한 존재인지도 알 수가 없다.

'조심해야겠어…….'

민철은 어느새 추화연에 대한 경계심을 마음속에 굳건히 품기로 한다.

제3장

짜고 치는 고스톱

"안녕하세요."

피곤한 기색으로 아침 출근길을 서두르는 이민철.

가장 먼저 출근한 예지가 빙그레 웃으며 그를 향해 마주 인사해 준다.

"안녕하세요, 이 대리님."

"일찍 오셨네요."

"네. 오늘은 눈이 빨리 떠졌거든요."

예지는 집이 가깝기도 했기에 금방 출근길에 오를 수 있었다.

근처 집값도 비싸기로 소문이 났지만, 한경배 회장의 딸인데 집값이 문제가 되겠는가.

"어제는 잘 다녀오셨어요?"

"아, 네."

노동조합 친목 모임에 갔다 온 사실은 이미 총괄기획부 내부 사람들은 전부 다 알고 있는 일이기도 하다.

물론 다른 부서에는 아직까지 입소문이 제대로 나지 않았다.

노조에 가입한 사실이 자랑스러운 일도 아니고, 사원들 내부에서도 서로 쉬쉬하는 문화가 암묵적으로 행해져 있었기 때문이다.

그래서 불안감이 들진 않지만…….

역시나 한 치 앞도 예상할 수 없는 행동을 보여주기도 하는 괴짜 여성, 추화연이 늘상 문제다.

어제 친목 모임에서도 난데없이 민철을 난감하게 만들었으니 말이다.

적인지 아니면 아군인지 분간이 잘 가지 않는다.

추화연에 대한 경계심을 다시 한 번 품게 된 민철은 대마법사인 도안과 더불어 계속해서 두 명을 견제해야 한다는 사실에 골치가 아파왔다.

그래도 할 일은 해야 하지 않겠는가.

"오늘도 출장 가시죠?"

"네. 사무실에 들렀으니 곧장 나갈 생각입니다."

"잘 다녀오세요. 아, 부장님한테는 제가 대신 안부 전해 드릴게요."

"그럼 부탁드리겠습니다."

살짝 고개를 끄덕여 준 뒤 민철이 빠르게 지하 주차장으로 향한다.

오늘은 나름 바쁜 일정을 소화해야 한다.

곧장 자가 차량을 타고 부산으로 내려가야 했기 때문이다.

제법 거리도 되는 터라 아무래도 오늘 내로 사무실에 들어올 수 없을 거라 예상된다.

게다가 오늘은 같은 부서인 조 실장과 영업 2팀의 팀장 한 명을 도중에 픽업하고 가야 하기 때문에 먼저 길을 나서야 한다.

"하루 종일 바쁜 하루를 보내겠군."

그래도 어쩔 수 없다.

월급쟁이로 살아가려면 말이다.

주말도 반납했는데, 부산 출장이야 나들이하는 마음으로 다녀올까 잠시 고민해 보는 민철이었다.

*   *   *

"아따, 차 좋구만!"

운전석 옆에 자리를 잡은 조 실장이 민철의 차에 대한 간략

한 감탄을 내뱉는다.

예전이 체린이 선물해 준 차량을 아직까지 사용하고 있는 민철이었지만, 그때 당시 체린이 선물로 준 차량 자체가 생각보다 고가의 가치를 지닌 차량인지라 시간이 지났음에도 불구하고 조 실장에게 이런 칭찬을 들을 법도 했다.

"감사합니다."

"차는 어떻게 샀어?"

"여자친구가 선물로 줬습니다."

"그… 이체린 양?"

"네."

"이야… 역시 잘사는 따님은 선물 클라스도 뭔가 다르구만. 이 대리, 아주 봉 잡았어?"

"하하하, 감사합니다."

물론 실제로 봉을 잡은 건 민철이 아닌 체린일 것이다.

적어도 두 사람에 대해 잘 알고 있는 지인들이 이야기를 했다면 능력적으로 보나 혹은 성장 가능성을 따져 봐도 민철에게 더 많은 가치를 부여할 게 틀림이 없다.

이체린 본인도 그렇게 인정하고 있으니 말이다.

"게다가 이번 거래처에도 이 대리 덕분에 힘 좀 쓰게 생겼으니까. 이거, 우리 총괄기획부가 제대로 활약할 날이 생각보다 빨리 앞당겨지겠는데?"

"그러게 말입니다."

운전대를 돌려 어느 한 아파트 주차장에 차량을 정차시키는 민철.

그와 동시에 한 남자가 바쁘게 다가온다.

"안녕하세요, 민철 씨, 조 실장님."

"안녕하세요, 좋은 아침입니다."

영업 2팀 소속, 문호승 팀장이 넉살 좋은 웃음과 함께 민철의 차량을 발견하자마자 가벼이 인사를 한다.

그러나 그의 인사를 받은 조 실장은 빠르게 손짓을 하며 그를 재촉한다.

"시간 없어. 후딱 타라."

"이크… 알겠습니다."

문 팀장이 앗차 하며 빠르게 뒷좌석 문을 열고 탑승한다.

부산까지 가려면 꽤나 시간도 오래 걸리기에 이렇게 아침 일찍부터 이른 출장길을 서둘러야 한다.

"그럼 출발하겠습니다."

"오케이, 시원하게 가보자고!"

이미 조 실장은 특유의 뱃살을 매만지며 벌써부터 자기 안방인 듯이 편하게 신발을 벗어 보인다.

*　　　*　　　*

오늘 있을 출장길은 상당히 미묘한 관계가 얽혀 있다 해도 과언이 아니다.

이번 영업 2팀의 문 팀장이 이들과 동행하게 된 이유는 다름이 아닌 민철의 인맥 덕분이었다.

바로 이번 거래처 상대방이기도 한 유명 고깃집 브랜드, '돈냥'의 대표와 친목을 다지기 위한 미팅 자리에 참가해야 했기 때문이다.

공교롭게도 이 미팅 자리는 민철에 의해 성사되었다.

민철이 인턴사원으로 일하고 있을 때만 해도 그의 능력만으로 과감한 투자를 하기 어려웠던 주오석 대표였으나, 이번 한경배 회장의 복귀 선언과 더불어 총괄기획부 창설 정보를 접하면서 그 명단에 이민철 대리가 당당하게 올라와 있는 모습을 보게 되었다.

말로만이 아닌 직접 행동으로 보여주는 그의 모습에 주오석 대표는 자신의 인맥을 통해 한 번 더 확인 차원으로 민철의 그간 행적을 조사해 봤다.

그는 여타 다른 동기들과는 비교를 불허하는 속도로 승진 가도를 달렸으며, 홍보팀에 근무할 때에도 상당히 많은 성과를 거둬들였다.

그 정도만 하더라도 이미 주오석 대표는 이민철이란 남자가 여간 보통내기가 아님을 깨달을 수 있었다.

심지어 한경배 회장의 강한 신임을 얻고 있다.

여기서 주오석 대표는 더 이상 늦어지기 전에 민철과의 인맥 관계를 돈독히 하고자 얼마 전, 그에게 연락을 먼저 보낸 것이다.

민철도 슬슬 자신이 뿌려둔 인맥이란 이름의 씨앗이 점점 자라 달콤한 과실을 맺을 정도로 성장할 것이라 생각을 하고 있었다.

그 계기는 바로 '총괄기획부' 소속이 되었다는 점이다.

굳이 청진그룹 내부 사원이 아니더라도 총괄기획부 자체가 한경배 회장의 친위대 격인 부서라는 것은 외부인들도 충분히 잘 알고 있는 사실이다.

심지어 최근 화두가 된 한경배 회장의 손녀딸인 한예지가 소속되어 있는 부서 아니겠나.

그렇다면 굳이 의심의 여지가 없다.

민철은 한경배 회장의 사람이다.

그리고 분명 회장의 덕을 볼 사람이다.

보다 더 높은 지위에 오르기 전에 주오석 대표는 민철과의 신뢰 관계를 돈독하게 하고자 그와의 연락을 주도했고, 민철은 이걸 이용하기로 했다.

그래서 영업 2팀 소속 사원 한 명과 동행하며 자신이 연결 고리가 되어주기로 서로 합의를 보게 된 것이다.

만약 문 팀장이 구두로라도 돈냥과의 계약을 물어 온다면, 청진그룹 내에선 꽤나 짭짤한 거래처 상대방을 모시게 되는 셈이다.

자국 내에 보유하고 있는 체인점 숫자만 하더라도 근 세 자리 수는 가뿐하게 넘어가고 있는 시점이다.

심지어 외국에서도 돈냥 특유의 고기 메뉴가 좋은 반응을 얻고 있으며 해외 진출도 노리고 있다는 기사를 본 적이 있다.

모든 가게에 청진전자의 가전제품들을 찔러 넣을 수만 있다면……

분명 꽤나 의미 있는 소득이 될 것이다.

"설마 이렇게 총괄기획부 분들과 출장을 나가게 될 줄은 몰랐습니다. 하하하."

"그건 나도 마찬가지야. 가려면 황 부장님이 가셔야 하는데 왜 내가 졸지에 가게 되었는지 원."

씁쓸하게 웃으며 말하는 조 실장이었다.

물론 영업팀과 연이 있는 황 부장이 가면 좋지만, 조 실장도 황 부장에 비해 만만치 않은 인맥을 보유하고 있다.

그가 타 부서에 근무하고 있음에도 불구하고 총괄기획부를 마치 자신의 부서인 양 꿰차고 있는 건 넓고 짙은 인맥의 위력이라고 할 수 있을 것이다.

그리고 총괄기획부는 한창 바쁜 시기다.

이 시기에 황 부장이 중심을 지키지 않으면 부서 자체가 주는 무게감이 너무 가벼워지리라.

"그러고 보니 한예지 양하고 같은 부서에 일하느라 고생이 많으실 거 같습니다."

"장난 아니지. 아무리 친하다 하더라도 회장님의 손녀따님이 계신데 압박감이 말도 못할 정도야. 괜히 은근슬쩍 섹드립도 못 하겠다니까."

"하하하, 그건 하면 안 되지 않습니까."

"농담이야, 이 사람아."

자연스럽게 문 팀장과 대화를 주고받으며 친분을 쌓아가는 조 실장이었다.

서로 이렇게 같은 직장이라는 공통점을 찾아 대화의 포문을 열고 말을 주고받는 횟수가 많아지게 만드는 것만으로도 이미 인맥을 형성하고 있다 해도 과언이 아니다.

계속 끊임없이 사소한 말이라도 서로 주고받게끔 만드는 조 실장의 능력.

이야기 소재를 찾아내는 능력 하나만큼은 민철도 인정할 수밖에 없었다.

'이것이 조 실장, 저 사람의 인맥 비결인가.'

물론 민철도 충분히 조 실장과 같이 이야기할 수 있다.

하지만 운전 중에는 괜히 말을 많이 하고 싶지 않다.

그리고 조 실장 포지션과 겹치는 일을 하게 되면 오히려 그것도 마이너스가 될 수 있다.

여기서는 그저 가벼운 리액션 정도만 해주면 된다는 생각에 운전대를 잡는 민철이었다.

나머지는 조 실장이 알아서 해줄 것이다.

'말 잘하는 사람이 있으니 편하긴 하군.'

물론 예지에 관한 성드립은 당사자인 그녀가 듣게 된다면 상당히 큰일 날 일이겠지만 말이다.

"각종 미디어에서도 한예지 양을 두고 엄청 비중 있게 다루더라고요. 그… 뭐시기였나, 신라일보에서 봤는데, 연예 기획사 쪽에서도 한예지 양을 포섭하려고 최근에 컨텍을 시도했다는 말을 들은 적이 있습니다."

"하긴, 예지 양이 보통 예뻐야지."

집안 배경이면 집안 배경, 그리고 미모면 미모.

어디 하나 빠지는 요소가 전혀 없는데, 연예 기획사에서 탐을 내지 않을 수가 없을 것이다.

"조만간 연예계 데뷔하는 거 아닙니까?"

문 팀장이 슬쩍 동태를 묻는 말을 던진다.

그 역시도 영업팀 소속이다 보니 제아무리 농담조 섞인 말이라 해도 말 한 마디 한 마디에 담겨진 대화 속에서 정보를 캐치해 내는 능력이 보통이 아니다.

한예지에 관한 정보는 곧장 한경배 회장과도 이어지기 때문에 타 부서에서도 그녀의 근황 정보는 매우 탐내고 있는 축에 속한다.

그러나 문 팀장의 농간에 넘어갈 조 실장이 아니다.

"글쎄다. 사적인 일은 나도 잘 모르니까. 그리고 나, 예지 양이랑 그렇게까지 안 친해. 하하하! 내가 여사원들에게 인기 있어 보일 만한 상사는 아니잖나?"

"에이, 조 실장님 정도면 충분합니다. 이미 결혼도 하셨지 않습니까?"

"이 사람아, 결혼은 적당히 잘할 수 있어. 중요한 건 행복한 결혼 생활을 하느냐 마느냐지."

"그럼 조 실장님은 행복한 결혼 생활에 속하십니까?"

"이거 대답하면 마누라가 나 죽이려 들 텐데?"

"하하하하하!!"

문 팀장이 결국 웃음을 터뜨리기 시작한다.

아무래도 그렇게까지 행복한 결혼 생활은 아닌가 보다.

웃음으로 흘려들을 수 있는 가벼운 말이지만, 결혼 이야기는 민철도 결코 흘려들을 수 없는 말이기도 하다.

안 그래도 체린이 약혼식을 주장했기 때문이다.

'나도 언젠가는 이렇게 후회할 날이 올까?'

물론 레이폰 더 데스사이드 시절 때 이미 결혼 경험이 있는 민철이었지만, 그래도 레디너스 대륙과 현 시대는 엄연히 다르다.

'거기 세계나 여기 세계나. 결혼이란 정말 미묘하군.'

게다가 대한민국은 결혼 문화를 은근히 강조하는 관습이 존재한다.

하다못해 민철의 부모님 또한 마찬가지다.

체린이라는 참한 여자가 있는데 왜 결혼하지 않느냐고 말이다.

'…일단 부산 출장에 신경 쓰도록 하자.'

이번 부산 출장은 특별한 의미를 지니고 있다.

왜냐하면.

노조 문제를 해결할 수 있는 강력한 실마리가 되어줄 예정이기 때문이다.

＊　　　＊　　　＊

"부~싸아아안!!"

기지개를 활짝 펴며 해운대 앞에서 고래고래 소리치기 시작하는 조 실장.

뒤에서 그를 어이없다는 시선으로 바라보던 문 팀장이 한껏 불어오는 바다의 강력한 바람과 함께 소리친다.

"조 실장님!! 그만 농땡이 피우시고 슬슬 갈 시간입니다!!"

"야, 이놈들아! 아직 해운대 모래 알갱이도 못 밟아봤는데 벌써 가야 할 시간이라니 말이 되냐?!"

"아니, 밟으실 생각이었습니까?"

오히려 조 실장의 말에 더더욱 놀라움을 표하는 문 팀장이었다.

한편.

'해운대가 바로 이곳이었군…….'

민철은 그저 말로만 듣던 해운대를 직접 목격할 수 있다는 것만으로도 이미 뭔가 큰 거 하나를 해낸 기분이 들었다.

체린과 이곳저곳 여행을 다녀봤지만, 유독 부산과는 연이 없었다.

체린이 딱히 바다를 싫어한다든가 그런 건 아니다.

미묘하게 부산으로 놀러갈 이유가 마땅히 없었을뿐더러, 놀러간다 하더라도 해운대에 북적거릴 다수의 인파를 생각하면 차라리 다른 곳으로 놀러가는 게 훨씬 더 이득일 것이라는 체린의 의견이 존재했다.

물론 이들이 여행 시기를 성수기 때에만 잡아서 그런 것일지도 모른다.

비수기 때에나 볼 수 있는 한산한 해운대의 모습에 마음까지 탁 트이는 기분이다.

하지만 그렇다고 계속 여기서 시간을 지체할 수도 없는 노릇이다.

"이제 정말로 가야 할 시간입니다, 조 실장님!!"

"알았어, 알았다고! 간다, 가!"

터벅터벅 걸어오는 조 실장을 겨우 어르고 달래 태운 뒤 이들이 향한 곳은 바로 해운대 근처에 있는 고깃집, 돈냥 부산점이었다.

차를 주차시킨 뒤 민철과 함께 가게 안으로 들어서자, 종업원들과 함께 앞치마를 두른 채 숯으로 얼굴이 그을린 한 명의 중년 남성이 이들을 반긴다.

"어서 오세요, 손님."

"네… 그보다도 여기, 주오석 대표님은 안 오셨나요?"

이곳에서 간단한 친목을 도모하기 위한 점심 식사가 예정되어 있다.

이들이 가게에 도착하기 전에 주 대표가 이미 가게 내에 도착해 있다는 소식을 접했으나, 막상 가게 안으로 들어오니 종업원들과 더불어 손님들밖에 보이지 않는다.

하나 민철은 능숙하게 먼저 어느 한 인물에게 다가가며 품안에서 명함을 꺼내 든다.

"오랜만입니다, 대표님."

"허허, 자네야말로 오랜만이야."

바로 숯에 그을린 얼굴을 하고 있는 중년 남성이 주오석 대표였던 것이다.

놀라 그대로 사고가 정지한 채 서 있는 두 남자를 대신해 민철이 명함을 내민다.

"자네 명함이라면 저번에 받았을 텐데?"

"새로운 명함입니다. 총괄기획부 이민철 대리라고 적혀 있는 명함이지요."

"과연… 그랬었지, 허허허!"

잠시 잊고 있었다.

민철은 더 이상 주오석 대표와 처음 만났을 당시처럼 햇병

아리가 아니다.

이제는 어엿한 청진그룹의 정직원이자 한경배 회장의 총애를 받고 있는 대리님 아니겠는가.

그 사실을 잘 알고 있기 때문에 주 대표도 민철에게 먼저 선뜻 연락을 건넨 것이다.

"같은 부서에 근무하고 있는 조성민 실장이라고 합니다!"

이때다 싶어 조 실장이 빠르게 자신의 명함을 건네며 마주 인사를 나눈다.

뒤이어 문 팀장 역시 마찬가지였다.

"영업 2팀 소속 문호승 팀장입니다! 잘 부탁드리겠습니다!"

"저야말로 잘 부탁드리겠습니다… 어이쿠, 잠시 옷 좀 갈아입고 올 테니… 손님들 좀 방에 안내해 주게."

"예, 대표님."

종업원 중 한 명이 살짝 고개를 숙이며 주 대표의 말을 받든다.

이윽고 그가 민철을 포함해 3명의 청진그룹 사원들을 안내해 주기 시작한다.

"절 따라오시면 됩니다."

"예."

한 걸음, 그리고 한 걸음.

구두 굽 소리를 내며 도착한 곳은 마련되어 있는 방 중 가장 큰 규모의 방이었다.

"귀빈석입니다. 특별히 중요한 손님이 오실 때에나 혹은 미팅 자리를 겸할 때 예약할 수 있는 특별석이기도 합니다."

"그, 그렇군요."

조 실장이 납득했다는 식으로 어색하게 웃어 보이며 대답한다.

얌전히 특별석 안으로 들어가는 이들.

밑반찬이 나오는 사이에 조 실장이 슬쩍 민철에게 따지듯 묻는다.

"이 대리, 알고 있었으면 왜 진작이 이야기해 주지 않았어."

"무엇을 말입니까?"

"주오석 대표 말이야."

"아……."

민철이 머쓱하게 웃으며 미안하다는 듯이 대답한다.

"죄송합니다. 깜빡했습니다."

"이런 건 까먹지 말라고, 좀. 괜히 점심 식사라고 왔다가 주 대표 못 알아봤다고 밉상만 보일라."

"예, 다음부터는 잊지 않겠습니다."

사실 잊을 리가 없다.

주 대표는 자신이 직접 주방일도 하고 숯도 다루는, 말 그대로 허드렛일을 도맡아 하는 남자로 유명하다.

그 사실을 잘 알고 있음에도 불구하고 민철은 일부러 이 두 사람에게 이야기를 해주지 않았다.

사람은 본래 자신을 처음 알아봐 주는 사람에게 약간이나마 더 호감을 더 느끼게 마련이다.

민철은 그 점을 노렸다.

비록 조 실장이 같은 부서 사람이라 하더라도 결국 회사라는 건 개인 이득을 챙길 수 있을 때 챙겨야 하는 집단이다.

민철은 찰나의 순간에 단독으로 주 대표에게 큰 점수를 얻은 셈이다.

알게 모르게 민철의 처세술이 여기서도 발동되고 있었다.

어찌 되었든 한창 그렇게 특별석에서 시간을 보내고 있는 세 사람.

그사이, 말끔한 옷으로 갈아입은 주 대표가 세 명에게 자신의 명함을 돌린다.

"돈냥 대표인 주오석이라고 합니다."

명함을 건넨 뒤 자리에 앉은 주 대표가 세 명의 사람을 바라본다.

"역시 대기업에 다니시는 분들이다 보니 인물이 다들 훤칠하시군요, 하하하!"

"아닙니다. 저희보다야 대표님께서 더 젊고 건강해 보이시는데 말이죠."

"어이쿠, 이런… 민철이만큼 사탕발림을 잘하는 사람이 또 있을 줄은 몰랐습니다."

"하하, 제가 한창 이 대리에게 배워야 하는걸요."

본래 이런 자리에선 가장 직급이 높은 사람이 먼저 이야기를 주도하는 편이 좋다.

주 대표의 말을 능숙하게 받아주기 시작하는 조 실장의 모습에 민철은 내심 안도의 한숨을 내쉴 수 있었다.

본래 민철이 나서는 게 가장 확실한 방법일지도 모른다.

다른 누구도 아닌 화술의 달인이라 불리는 이민철이라면 주대표의 마음을 이리저리 왔다갔다 흔들어놓을 수 있기 때문이다.

실제로 고작 인턴 신분에 불과한데도 주 대표와의 인연의 끈을 여기까지 닿게 만들었으니 말이다.

그때 당시에는 100%의 성공을 달성시키지 못했지만, 지금 이 자리를 만든 것만으로도 이미 과거의 일에 연결시켜 결과적으로 봤을 때에는 성공했다 볼 수 있다.

주 대표가 이들과 만나고 싶다는 말을 꺼낸 순간부터 이미 청진그룹과 같이 좋은 일을 하나 만들어내고 싶다는 걸 뜻하는 바이기 때문이다.

결국 민철이 미리 던져 놓은 씨앗이 이제야 과실을 맺게 된 것이다.

그러나 그 과실이 과연 제대로 익었는지, 아니면 아직 덜 익은 탓에 떫은맛이 나는 열매인지는 이제부터 확인해야 할 일이다.

"여러분들을 보고 싶다고 한 건 다름이 아니고……."

잠시 말을 중단한 뒤, 물 한 모금을 들이켜고 나서 다시 말을 이어가기 시작하는 주 대표.

　"조만간 브랜드도 전국으로 더더욱 확장할 예정이고, 머지 않아 해외 시장도 노리고 있습니다. 하지만 기존에 쓰고 있던 전자기기 제품들이 뭐라고 할까요… 네임 밸류가 떨어지기도 하고, 그리고 성능도 사실 좋지 않습니다. 최대한 사업 확장에 빠져나가는 경비를 절감하기 위해 싼 맛에 타 기업 제품을 이용하고 있었지만, 이제는 슬슬 설비 쪽에도 경비를 투자해야 할 듯합니다. 가게의 환경이 좋아야 손님들에게 좋은 평가를 얻을 수가 있으니까요."

　"옳은 생각이십니다."

　"그리고 설비가 좋아야 보다 더 좋은 품질의 고기를 보관할 수 있는 환경이 조성됩니다. 결국 우수한 설비가 돈냥을 보다 더 높은 곳으로 이끌 거라 믿어 의심치 않습니다. 그래서 여러 분들과의 만남을 주선한 거죠. 민철을 통해서 말입니다."

　"이 대리가 큰 건 하나 해냈네, 하하하!"

　조 실장이 두터운 손으로 민철의 어깨를 토닥여 준다.

　그의 말 그대로다.

　민철이 진작부터 만들어둔 인맥의 씨앗 덕분에 여기까지 올 수 있었던 것이다.

　영업 2팀 소속의 문 팀장에게도 상당히 좋은 기회라 할 수 있다.

돈냥에 청진전자의 제품을 제공할 수만 있다면…….

어마어마한 액수가 오고 갈 것이다.

그 액수를 영업 2팀에서, 그것도 다른 누구도 아닌 문호승 본인이 해낸다면 분명 본사 내에서도 자신의 성과가 높으신 분들의 귀에 들어갈 여지가 크다.

연봉도 오르고 직급도 오른다.

이 얼마나 좋은 현상이란 말인가!

"자자, 점심은 제가 크게 쏠 테니 마음껏 먹고 놉시다!"

주 대표의 말과 함께 이들은 주지육림(酒池肉林)과 같은 호사를 누릴 수 있었다.

*   *   *

같은 시각.

딱딱 소리를 내며 볼펜 끝자락을 매만지던 남성진이 다시 한 번 자료를 살펴본다.

노조에 가입했던 사람.

그리고 회사에 불만을 품고 퇴사한 사람.

이 두 가지 요소를 공통점으로 놓고 분석을 해본 결과, 특이한 점을 발견할 수 있었다.

"협상 때에는 전부 다 원만하게 해결되었음… 이라고 나오는군."

딱히 별도의 문제 없이 해결되었는데 그렇다면 어째서 정작 퇴사당한 근로자에게는 뒤늦은 불만이 새어 나오는 것일까.

"알 수가 없어……."

마치 풀기 어려운 실타래를 앞에 둔 것과 같은 기분이 든다.

뭐가 문제일까?

성진으로서는 도저히 알 수가 없었다.

그런데 민철은 분명 뭔가를 눈치챈 듯한 반응을 보였다.

"내가 보지 못한 걸 민철 씨는 봤단 말이지……."

그 점이 성진의 무한한 질투심을 불러일으키고 있었지만, 동시에 호기심도 들기 시작한다.

과연 민철은 무엇을 본 것일까?

"…기다릴 수밖에 없나."

민철이 만들어준 무대 위에 일단 자신의 이름은 명단에 올려뒀다.

비록 그 배역이 차지하는 역할의 비중이 낮다는 점에 대해 불만이 있긴 하지만, 그래도 공을 나눠 가질 수 있다는 것만으로도 어디인가.

성진의 자존심만 약간 숙인다면, 분명 나쁘지 않은 거래임에는 틀림이 없다.

'한번 지켜보도록 하지, 이민철 씨.'

*　　*　　*

"3차, 3차 갑시다!!"

"좋습니다, 3차!!"

벌써 점심 식사를 시작으로 거침없이 달린 지 열 시간이 지나가고 있었다.

어두컴컴한 서면의 밤거리를 거닐기 시작하는 4명의 넥타이 부대 인원들.

그간 영업 사원으로서 단련되어 있던 주량을 소유하고 있는 문 팀장이었지만, 조 실장과 주 대표 또한 만만치 않은 주당(酒黨)이었다.

오히려 문 팀장은 이 두 사람에 비해 자신의 주량이 훨씬 낮다는 생각마저 들 정도였으니 말 다한 게 아닐까.

그러나 이중에서도 유일하게 멀쩡한 정신을 유지하고 있는 인물이 있었다.

"여기입니다."

민철이 사전에 예약을 잡아둔 가게로 세 사람을 안내한다.

비틀거리는 걸음을 억지로 움직이며 가게 안으로 들어선 세 사람.

젊은 웨이터의 안내에 어느 한 방으로 들어가는 걸 확인한 민철이 다시 한 번 카운터에 있는 종업원에게 확인한다.

"여기 카드 계산도 가능하다 했죠?"

"네. 요즘 시대에 카드 안 받아주면 손님도 없어요, 호호."

마담으로 보이는 여성이 손을 가리며 조숙하게 웃어 보인다.

그녀의 말과 동시에 민철이 감사하다는 듯이 고개를 살짝 끄덕여 주며 오늘의 마지막 무대가 펼쳐질, 그리고 한동안 계속해서 청진그룹 내부적으로 자주 화두에 오를 사건이 펼쳐질 장소를 향해 나아간다.

*　　　*　　　*

"그러니까… 대한민국 참~ 살기 힘들다 이 말이죠!"

"하하하, 그렇습니다. 정말 먹고살기 더럽게 힘든 나라죠!"

자국을 까는 것으로 친목을 도모하기 시작하는 주오석 대표와 조 실장, 그리고 문 팀장까지.

세 사람의 술자리를 제3자의 입장에서 구경하고 있던 민철이 슬쩍 손목시계를 확인한다.

현재 시각, 새벽 2시.

때마침 바깥에서 대기하고 있던 주오석 대표의 측근이 그에게 다가와 말한다.

"대표님, 이제 슬슬 일어나셔야 합니다."

"뭐? 벌써?!"

"예. 사모님께서 너무 늦게 들어오지 말라 신신당부하셨습니다."

"끄응… 그 여편네가……."

한숨을 토하며 어쩔 수 없다는 듯이 표정을 구기기 시작하는 주오석.

저렇게 보여도 꽤나 공처가인 듯하다.

"아쉽군요. 모처럼 마음이 잘 통하는 분과 술 한 잔 기울일 수 있다고 생각했었는데……."

진심으로 아쉬운 것인지, 아니면 저것도 연기인지 제대로 파악할 수 없는 조 실장의 표정에 주오석이 은근히 기분이 좋아진 모양인 듯 연신 다음 약속을 잡자고 강하게 주장한다.

"조만간 서울로 다시 올라갈 터이니 그때 한번 또 의기투합해 봅시다!"

"저야 여부가 있겠습니까. 그때도 문 팀장이랑 이 대리와 같이 가겠습니다."

"허허! 상상만 해도 즐겁군요!"

매우 만족스러운 미소와 함께 자리를 뜨기 시작하는 이들이다.

순간 민철이 빠르게 카운터로 향하며 카드를 꺼낸다.

그 모습을 목격한 주오석 대표가 민철을 향해 외친다.

"어허! 계산은 내가 한다니까."

"괜찮습니다, 대표님. 점심도 얻어먹었는데 여기는 저희가 사도록 하겠습니다. 어차피 경비니까요."

법인 카드로 긁는다는 말에 주오석 대표가 껄껄 웃어 보이기 시작한다.

"그렇다면야 어쩔 수 없지. 청진그룹, 돈 많으니까!"

"예, 맞습니다."

어차피 내 돈도 아니고 회사 돈이다.

주오석 또한 민철이 사비로 자신의 카드를 긁는 게 아니라 회사 법인 카드로 계산하겠다는 말에 그래도 조금이나마 부담감이 덜한 모양인지 딱히 민철의 행동을 더 이상 제지하지 않게 된다.

카드를 긁는 순간, 마담이 빙그레 미소를 지으며 영수증을 챙겨준다.

"고마워요. 다음에 또 오세요."

"예, 부산 출장 올 때마다 들르도록 하죠."

"어머, 그래주시면 고맙구요. 소문도 많이 내주세요."

고혹적인 눈웃음을 배웅 인사로 삼으며 가게 바깥으로 나온 이들.

민철은 행여나 영수증을 잃어버릴까 봐 속주머니 안에 지갑과 함께 고이 모셔둔다.

영수증이 없으면 지출결의서에도 올릴 수 없다는 이유도 있지만, 이 영수증은 훗날 큰 역할을 소화해 줄 것이다.

민철이 만들어놓은 무대 위에서 결정적인 증거 역할을 해야하기 때문이다.

술을 많이 마신 탓에 결국 청진그룹 소속 3인은 근처 모텔 방을 잡아 하루를 보내기로 한다.

물론 민철은 자체적으로 알코올 중화 마법을 통해서 이미 술기운을 모두 몸 바깥으로 내보낸 지 오래였지만, 조 실장과 문 팀장은 민철이 마법을 사용한다는 것도, 그리고 그 마법을 통해서 알코올 지수를 제거할 수 있다는 것도 모르는 상황이다.

충분히 차를 운전해 지금 당장에라도 서울까지 갈 수 있지만, 민철은 일부러 자신의 능력을 함구한다.

별다른 말 없이 그냥 이들과 얌전히 모텔로 직행하게 된 민철은 지체 없이 모텔 방을 잡은 뒤 키를 들고 거하게 취한 두 사람을 모텔 침대 위로 배치시킨다.

"음......"

주오석 대표와의 만남이 끝나자마자 긴장이 풀린 모양인지 그대로 뻗어버린 두 사람을 내려다보던 민철이 쓴웃음을 지어 보인다.

"나는 그냥 별도로 방을 따로 마련할까."

어차피 모텔 방도 많이 남는 데다가 이 방은 심지어 2인용이다.

굳이 술에 잔뜩 전 사람들과 한 방을 사용하고 싶지 않은 민철은 몰래 방에서 나와 카운터에서 1인실 방 하나를 더 예약하게 된다.

　　　　　*　　　　*　　　　*

　이윽고 부산 출장 이틀째 아침.

　오전 7시, 비교적 이른 시간에 눈을 뜬 민철은 가볍게 자세를 취하며 명상을 통해 마나 수련에 잠깐 힘을 쏟은 뒤 모텔 방을 나선다.

　문을 열고 마치 한 방에서 잔 척하기 위해서다.

　조 실장과 문 팀장, 두 사람이 머물고 있는 방으로 진입한 민철은 절로 인상을 팍 찡그릴 수밖에 없었다.

　지독한 술 냄새가 그의 코끝을 자극하고 있었기 때문이다.

　"어쩔 수 없군."

　창문을 열고 환기를 원활하게 하기 위해 초급 바람 계열 마법으로 알코올 냄새를 전부 바깥으로 빼버린다.

　이윽고 오전 8시 정도가 되어서야 슬슬 조 실장이 눈을 떴다.

　"으음… 어… 민철이… 일어났었냐……?"

　"예, 조 실장님. 이제 슬슬 씻으시면 될 거 같습니다."

　"…모텔 퇴실 시간이 몇 시였지……?"

　"12시까지입니다."

　"…그럼 조금만 더 자구……."

　라는 말을 하면서 다시 침대 위로 엎어진다.

　문 팀장은 아직도 미동조차 없다.

두 사람의 추태(?)를 바라보던 민철은 그저 한숨만 내쉴 뿐이었다.

* * *

부산 출장 이후.

노조 조합장인 한상술 과장, 그리고 인사팀과 총무팀, 더불어 총괄기획부가 통합적으로 대책 회의를 가지기 위해 잡아둔 날짜가 다가올 무렵.

청진그룹 내부에서는 예상치 못한 파란의 바람이 불기 시작한다.

바로…….

"예? 민철 씨를 대상으로… 징계위원회를 열기로 했다고요?!"

영업 2팀에서 예상치 못한 소식을 접하게 된 상술이 버럭 소리를 내지른다.

그러나 이내 자신이 너무 과한 반응을 보였다는 걸 깨달았는지 다시 침착하게 목소리를 낮추며 방금 전 민철에 관한 소식을 전해준 문호승 팀장을 바라본다.

"그, 그렇다니까요, 과장님!"

"아니… 갑자기 왜 그런 뜬금없는 말이 나왔는지 모르겠군요. 민철 씨가 별도로 큰 문제를 일으켰다는 말은 들은 적이 없습니다만."

"그게……."

말을 할까 말까 고민하기 시작하는 문호승 팀장.

그러나 문 팀장 또한 노동조합 조합원이기도 하다.

평소에도 상술에게 많은 법적 자문을 해온 문 팀장이기에 상술은 곧장 그를 설득하기에 이른다.

"행여나 민철 씨가 부당하게 징계를 받을지도 모릅니다. 조합장인 저한테 말씀해 주시지 않는다면 아무도 민철 씨를 도와줄 수 없을 겁니다."

"그, 그렇죠?! 역시……."

상술의 말에 결심한 듯 문 팀장이 고개를 끄덕이며 자신이 들은 일화를 그대로 전해준다.

"그러니까… 얼마 전에 제가 이 대리하고 조 실장님, 두 사람이서 같이 부산 출장을 내려간 건 한 과장님도 잘 알고 계시죠?"

"예. 그것 때문에 며칠 자리를 비우셨었죠."

본래는 하루 정도만 회사 출근에 빠지려 했었지만, 그날 너무 술을 과하게 마신 탓에 후유증이 심해 결국 출장 둘째 날에도 회사 사무실에 모습을 드러낼 수 없었다.

설마 그것 때문에 징계위원회가 열렸단 건가?

하나 만약 그렇다면 대상자가 민철 혼자만이 아닌 문 팀장, 그리고 조성민 실장까지 포함되어야 한다.

하지만 이번 징계위원회 대상자는 이민철 혼자만이라고 들었다.

그렇다면 예정에 없던 출장 연기가 원인은 아니란 뜻이다.

"저희가… 주오석 대표와 함께 술자리를 가졌던 게 문제가 된 듯합니다."

"그게 무슨 문제가 된 거죠?"

"민철 씨가 지결로 올렸던 그 영수증이 원인입니다. 거기에 적혀 있는 가게가… 사실은 퇴폐 업소라고 합니다."

"……!!"

"저흰 정말로… 아무것도 안 했는데… 가서 처벌받아 마땅한 불순한 행동을 한 것도 아니고, 여자를 불러서 이런저런 행위도 안 했습니다! 정말입니다!"

문 팀장이 자신들은 결백하다는 듯이 강하게 억울함을 주장한다.

그는 속마음이 겉으로 잘 드러나는 축에 속하는 사람이다.

물론 영업 사원으로선 치명적인 약점이 될 수도 있지만, 반대로 거래처 상대방에게 솔직함을 어필할 수 있다는 면모가 장점으로 작용해 간혹 빛을 볼 때가 있다.

그래서 한 과장은 문 팀장이 거짓이 아닌 진실을 말하고 있다는 걸 쉽사리 알 수 있었다.

여기서 얼추 상황이 어떻게 돌아가는지 알 수 있었지만, 혹시나 몰라 한 과장은 조금 더 문 팀장의 말에 귀를 기울인다.

"감사팀에서… 저희가 갔던 곳이 퇴폐 업소라는 것을 알고 자초지종을 설명해 줄 것을 요구했습니다. 그 과정에서……."

"문제가 생긴 거군요."

반사적으로 묻는 한 과장에게 고개를 끄덕여 준다.

"조 실장이 모든 책임을 민철 씨에게 몰아세운 것입니다!"

"흐음……."

예상대로다.

총괄기획부 내에서는 민철을 부사장의 스파이로 인식하고 있다는 말을 직접 들은 바가 있다.

그리고 심지어 그걸 남성진이 직접 나서서 노조 인원들에게 해명시켜 주기도 했고 말이다.

그 모든 현상이 사실이라면, 조 실장이 이번 기회를 통해 민철을 완전히 회사 외부로 내쫓으려고 하는 걸 충분히 이해할 수 있다.

"민철 씨를 한번 만나봐야겠군요."

"예, 부디 징계위원회가 열리기 전에 만나보는 편이 좋을 거 같습니다."

그래도 같이 출장을 간 정이 있어서일까.

문 팀장은 민철을 어떻게든 보호해 줄 생각으로 한 과장에게 도움을 요청해 왔다.

"조 실장에게는 뭐 들은 게 없습니까?"

"저한테 징계위원회가 열리게 되면, 무조건 민철 씨 책임으로 몰아붙이라 하더라구요! 사람도 진짜 야박합니다! 출장 때만 하더라도 민철 씨에게 운전도 시키고, 가게도 알아보라 하고, 모텔 방도 찾아보라 하고… 완전히 하수인 취급하듯 했으면서 이제 와서 민철 씨에게 모든 것들을 다 뒤집어씌우게 만들라니……."

그래도 문 팀장은 조 실장 앞에서 차마 민철에게 모든 것을 떠넘기겠다는 걸 '못 하겠다'라는 말을 하지 못했다.

제아무리 민철을 위한다 하더라도, 결국 자신의 밥줄이 더 급하기 때문이다.

민철이 불쌍해 보이긴 하지만, 그렇다고 민철을 위해서 자신의 신변에 위협이 올 만한 짓까진 하고 싶지 않았다.

그것이 바로 사람의 본능이다.

불쌍하다고 생각은 하지만, 그렇다고 스스로 위험을 무릅쓰고 싶진 않다.

하나 가만히 있는 것도 양심상의 가책이 느껴지는 탓에 이렇게 한 과장이라는 인물에게 도움을 요청하게 된 것이다.

노조 조합장이라면 충분히 원만한 해결이 가능할 수도 있으니 말이다.

"정보를 제공해 준 것만으로도 감사합니다. 이제는 제가 알아서 해결할 터이니 너무 걱정하지 않으셔도 됩니다."

"감사합니다! 만약 제 증언이 필요하다면… 언제든지 말씀해 주세요!"

"예, 알겠습니다."

물론 문 팀장이 적극적으로 나서서 올바른 증언을 해줄 거라는 기대 따윈 애초에 상술도 하지 않는다.

거짓 증언이나 하지 않으면 오히려 다행일지도 모른다.

사람이란 결국 타인보다 자기 자신을 위해 행동한다.

비록 노조에 가입이 되어 있다고는 하나, 한상술은 누군가가 타인을 위해 희생하는 모습을 여태 보지 못했다.

적어도 그가 조합장을 맡고 이는 기간 내에선 말이다.

결국 이 각박한 현대사회에선 이타주의(利他主義)보다 이기주의(利己主義)가 훨씬 더 성행하게 되어 있다.

그게 현실이다.

둘이서 계속 수상쩍은 대화를 나누는 것도 같은 사무실 사람들에게 수상한 눈초리를 받을 수 있기에 한 과장은 슬슬 문 팀장을 자리로 돌려보낸다.

그리고 이윽고 스마트폰 내에 저장되어 있는 민철의 전화번호를 빠르게 검색한다.

만약 문 팀장의 말이 전부 사실이라면, 최대한 징계위원회가 열리기 전에 손을 써야 한다.

여태까지 했던 '일'을 해내기 위해서.

*　　　*　　　*

징계위원회가 열리기 전.

상술이 먼저 민철에게 별도로 연락을 취하게 된다.

회사 건물 옥상에서 민철을 호출한 한 과장이 난간에서 민철을 기다리기 시작한다.

이윽고 옥상 문이 끼릭 소리와 함께 열리자, 기다렸다는 듯이 그를 향해 다가가는 한 과장.

"민철 씨!"

"아… 한 과장님."

노골적으로 기운이 없어 보이는 민철이 겨우겨우 힘을 짜내 억지로 웃어 보인다.

그의 모습을 보자마자 한 과장은 민철에게 돌고 있는 징계 관련 소식이 거짓이 아님을 깨닫게 된다.

"이게 무슨 일입니까. 어째서 민철 씨가 징계를……."

"…그러게 말입니다. 혹시 이야기는……."

"네, 문 팀장에게 전해 들었습니다. 총괄기획부가 민철 씨를 대하는 태도에 대해 정말 한탄을 금치 못하더군요."

"그, 그렇군요. 문 팀장님이 저를 위해서……"

"그런 일이 있다면 진작 저에게 말씀을 하셨어야지요. 노조 조합장이란 직위를 괜히 달고 있는 게 아닙니다."

"하, 하하……."

힘없이 웃어보이는 그의 모습이 너무나도 처량해 보인다.

심지어 약해 보이기까지 한다.

남성진을 앞지를 수 있는 유일무이한 인물이란 평가를 받았던 그가 마치 사건 하나로 인해 한없이 나락으로 떨어지게 된 신세처럼 보일 지경이었다.

본래 사람의 인생이란 그런 것이다.

정말 성공 가도를 이어가다가 한 방으로 뚝 떨어질 수 있는 게 인생 아니겠나.

민철의 경우도 마찬가지가 아닐까 싶다.

그렇게까지 좋은 평가를 받던 민철이 어느 순간 사지에 내몰리게 되다니.

"징계위원회에 관한 사실은 아직 아무도 모르고 있나 보군요."

한 과장이 다시 한 번 묻자, 민철이 고개를 끄덕인다.

"예, 정식으로 공문이 내려오진 않았으니까요… 아마 감사팀과 총괄기획부 사람들, 그리고 문 팀장밖에 모를 겁니다."

"과연……."

순간 한 과장의 눈빛에 살짝 이채가 어린다.

마치.

이건 기회라는 듯한 그런 시선이었다.

민철 또한 그런 상술의 눈빛을 눈치챈다.

최소 홍보팀의 구 부장급 정도 되는 눈치력 정도는 이미 민철도 보유하고 있는 강점이기도 하다.

"앞으로 어떻게 해야 할지 모르겠습니다. 사람들 앞에서 무슨 수로 억울함을 토로해야 할지……."

"걱정하지 마시기 바랍니다, 민철 씨. 제가 해결해 드리겠습니다."

"예?"

민철이 의아함을 자아내며 다시 되묻는다.

어떻게 해결해 주겠다는 건가.

"제가 총괄기획부 사람들과 만나서 해결을 보도록 하겠습니다."

"하지만 한 과장님이 어떻게……."

"하하, 저만 믿으시면 됩니다."

그렇게 말하고서 강한 자신감을 표명하는 한 과장이었으나.

민철은 속으로 조금이라도 빨리 한 과장이 행동에 임하기를 기원할 뿐이었다.

*　　　*　　　*

"예, 그럼 아무쪼록 잘 부탁드리겠습니다."

남성과 짧은 악수를 나눈 뒤.

바깥으로 나온 민철이 같이 자신을 따라온 서기남 주임을 바라본다.

"그래도 혼자 외근 나온 것보다 동료가 있으니 든든하구만."

"그렇습니까?"

여전히 표정 변화가 없는 얼굴로 민철의 말을 받아주는 그였다.

감사팀 내에서도 FM 업무 자세로 유명세를 떨치던 서기남이다. 총괄기획부로 부서를 옮겼다고는 하나, 그의 마이페이스는 여전했다.

워낙 감정 표현이 서투른 탓에 주변인들은 서기남 주임을 로봇이라고 장난스럽게 표현할 때도 가끔 있다.

물론 서 주임 또한 그런 자신의 별명을 잘 알고 있지만, 그렇다고 딱히 표정을 풍부하게 만들 생각도 하지 않는다.

애초에 감정선이 그대로 외부에 노출된다는 건 서 주임의 기준으로 봤을 때에는 상대방에게 너무 많은 정보를 흘린다고 인식하는 경향이 있기 때문이다.

그래서 그는 민철을 어떤 의미로 존경하고 있었다.

민철은 표정 변화가 자연스럽다.

하지만 그게 전부 그의 속마음에 따라 내비치는 자연스러운 표정은 아니다.

속으로는 상대방에게 어떻게 하면 일침을 꽂을 수 있을까 하는 칼을 갈고 있다.

그게 민철의 부러운 부분이자 동시에 무서운 부분이기도 했다.

"그나저나 네가 따라올 줄은 몰랐어. 나 혼자 오면 될 일이었는데."

"예전부터 줄곧 이 대리님에 관한 명성은 익히 들어서 잘 알고 있습니다. 그래서 이 대리님 곁에서 업무 같은 것도 배우고 싶어서 앞으로 자주 따라다닐까 생각합니다."

"그거, 업무 땡땡이치려고 하는 핑계 아니야? 하하하!"

"그건 결단코 아닙니다."

정색하며 말하는 서 주임의 반응에 민철이 쓴웃음을 내짓는다.

"그렇긴 하지. 그것보다 너, 정색하면 표정이 엄청 무섭게 변하는구나."

"…죄송합니다. 제가 워낙 이런 농담을 잘 받아줄 수가 없는 녀석인지라……."

"하하, 아니다. 사람이란 게 원개 개성이 있으니까 재미있는 거지. 전부 다 정형화되어 있으면 뭐가 재미있겠나. 안 그래?"

"…그렇군요."

"뭐, 아무튼 그건 그렇다 치더라도."

아직까지 해는 중천에 머물고 있다.

사무실에 들어가기에는 너무 이른 거 같다는 판단하에 민철이 근처를 둘러본다.

"날씨도 더운데 빙수나 먹고 갈까?"

"그래도 되는 겁니까? 이미 미팅은 다 끝났는데……."

"우리의 주 목적은 미팅이 아니잖아. 안 그래?"

"……."

순간 할 말을 잃은 서 주임이 고개를 끄덕이며 사과한다.

"죄송합니다. 제가 잠시 망각하고 있었습니다."

"아니야. 그럴 수도 있지. 이번 일은 나하고 조 실장님이 주도하는 거니까 네가 잘 모를 수도 있어."

제아무리 같은 사무실 소속이라 하더라도 모든 업무에 대해 빠삭한 편은 아니다.

현재 민철과 조 실장이 얼마만큼 노조에 관한 일을 진행하도 있는지에 대해선 회의 시간 때 이들이 직접 말해주지 않는 이상 알지 못한다.

물론 황 부장에게는 조 실장을 통해 실시간으로 보고가 들어간다.

아무래도 총괄하는 입장에선 부하직원들의 현재 동태를 잘 파악하고 있어야 한다는 이유 때문이기도 했다.

때마침 그때.

띠리링!

문자 착신음과 함께 민철이 스마트폰을 꺼내 보인다.

동시에 예지가 보내온 문자 내용을 확인한다.

─이제 들어오셔도 될 거 같아요.

"이런……."

옅은 침음성을 내뱉는 민철을 향해 서기남이 고개를 갸우뚱하며 묻는다.

"일이 잘못되기라도 했습니까?"

"아니, 그건 아닌데."

씁쓸하게 웃어 보인 민철이 진심으로 아쉽다는 표정과 함께 말한다.

"빙수 먹을 시간이 날아가 버린 게 안타까워서 말이야."

*　　　*　　　*

민철이 잠시 외근을 핑계로 자리를 비운 사이.

"실례하겠습니다."

슬쩍 사무실 문을 열고 들어오는 남자를 향해 심기가 불편한 얼굴로 그를 바라보는 조 실장의 모습이 가장 먼저 들어온다.

"한 과장님이 여기에 어쩐 일이십니까?"

"하하, 그야 제가 여기에 올 만한 이유는 뻔하지 않습니까?"

"……."

순간 할 말을 잃은 조 실장이 살짝 미간을 찡그린다.

그가 노조 조합장이라는 건 이미 모든 청진그룹 본사 직원이 다 알고 있는 사실이다.

슬며시 두 사람의 미묘한 눈치 싸움 사이에 껴 있던 예지가 어색한 웃음과 함께 자리에 일어선다.

"차라도 대접해 드릴까요?"

"아, 감사합니다."

고개를 끄덕이며 감사를 표명하는 한상술 과장.

회장의 손녀딸에게 차를 대접받는 날이 올 줄이야.

나름 감지덕지하게 여기며 자리에 앉자, 조 실장이 마주 자리에 앉는다.

현재 사무실에는 조 실장과 더불어 예지, 그리고 한상술 과장밖에 없다.

'황 부장이 없는 걸 다행으로 여겨야 하나… 하지만 예지 양이 있는 건 분명 방해가 된다. 어떻게든 내보내야……'

속으로 빠르게 현재의 상황을 정리한 상술이 슬쩍 예지를 바라본다.

그의 모습을 짐짓 바라보고 있던 조 실장이 미안하다는 표정으로 웃어 보이며 예지에게 말을 건다.

"저기, 예지 양. 잠깐 심부름 좀 부탁해도 될까?"

"네, 말씀하세요."

마침 한가한 모양인지 조 실장에게 다가가는 그녀에게 작은 목소리로 속삭인다.

한 과장에게는 들리지 않지만, 아마도 회사 근처 편의점에 가서 물건 같은 걸 사달라는 메시지일 게 틀림없다.

"네, 알았어요. 금방 갔다 올게요."

"돈은 지결로 올리라고."

"무슨 소리예요. 그거, 개인 용도잖아요. 회사 경비로 하지 말고 조 실장님 개인 돈으로 주세요."

"하하하, 농담이라고. 이거 참… 무서워서 어디 말이나 하겠나."

너스레를 떨며 말하는 조 실장이었지만, 그래도 회장의 손녀딸이 말하니 장난도 결코 장난으로 받아들일 수가 없는 기분이 든다.

여하튼 이러한 이유로 자연스럽게 예지가 사무실 바깥을 나서는 순간.

기다렸다는 듯이 한 과장이 감사를 표한다.

"예지 양을 이 자리에 물리신 거, 정말 감사합니다."

"뭐… 아무래도 저한테 할 이야기가 있는 듯싶어 보였으니까요."

조 실장도 눈치가 전혀 없는 사람은 아니다.

오히려 일반인에 비해 제법 눈치 볼 줄 아는 사람이기도 하다.

"단도직입적으로 말씀드리겠습니다."

한 과장이 잠시 호흡을 고른다.

"이민철 대리 때문에 골머리를 썩이고 있다는 거, 들었습니다."

"골머리?"

"예. 이민철 대리가 부사장님 세력의 스파이일지도 모른다는 생각을 총괄기획부 내에서 하고 있다고 들었습니다."

"……."

민감한 이야기이기도 하다.

하나 상술은 조 실장에게 안심시키듯 다음과 같이 말을 이어가기 시작한다.

"저는 딱히 회장님 세력도, 그리고 부회장님 세력도 아닙니다. 어디까지나 '노조'를 이끄는 조합장이니까요."

"…그렇지요."

"제가 총괄기획부의 힘이 되어드리겠습니다."

"그건… 무슨 뜻으로 받아들이면 되겠습니까?"

빙글빙글 돌려 말하는 것보다 그냥 상술이 생각하고 있는 바를 말해달라고 재촉한다.

물론 한 과장 또한 거절할 이유는 없다.

"이번에 민철 씨를 중심으로 발생하게 된 징계위원회… 조만간 징계 회의가 열리지 않습니까?"

"많은 정보를 알고 계시는군요."

"아무래도 조합원들이 널리 퍼져 있다 보니 자연스럽게 제 귀에 들어오는 정보도 꽤 많습니다."

"허허, 과연……."

고개를 끄덕이며 납득했다는 듯이 제스처를 취하는 그에게 한 과장의 본심이 공개된다.

"민철 씨가 스스로 퇴폐 업소를 통해 거래처 상대방과의 자리를 마련하게 되었다는 걸 인정하게끔 제가 만들겠습니다."

순간 한 과장의 제안에 몹시 놀라는 표정을 지어 보이는 조실장.

그러나 이내 의구심 가득한 눈동자로 재차 묻는다.

"민철이 녀석이 바보가 아닌 이상 스스로의 혐의를 부인할 터인데……."

이미 한 과장도 민철이 일부러 퇴폐 업소 장소를 잡아 술자리를 마련했다는 게 거짓이라는 것 정도는 한 과장도 잘 알고 있다.

그러나.

자고로 거짓이라는 건, 소수가 주장하면 거짓말처럼 들릴지 모르지만 절대 다수가 주장하게 되면 거짓이 진실로 둔갑할 때가 있다.

결국.

진실이라는 건 힘 있는 다수가 주장할 때 결정되는 것이다.

"만약 조 실장님과 노조 조합장인 제가 힘을 합친다면… 거짓도 진실로 만들 수 있습니다."

"…원하는 게 뭐죠?"

상술이 공짜로 자신에게 선행을 베풀 거라곤 생각지 않았기에 조 실장 또한 직접적으로 그에게 요구 사항을 묻는다.

그와 동시에 상술의 한쪽 입꼬리가 슬쩍 올라간다.

"현대사회에서 가장 중요한 거야 뭐… 뻔한 거 아니겠습니까?"

간단하게 말해서 그가 원하는 건 바로.

돈이었다.

＊　　　＊　　　＊

연락을 받은 뒤 서 주임과 함께 회사로 돌아온 민철.

그의 시야에 이제 막 회사 로비에서 나오기 시작하는 예지의 모습이 목격된다.

"어머, 이 대리님."

"연락받고 이제 슬슬 복귀할까 했었는데… 아직 타이밍이 아니었나 보군요."

예지가 사무실에서 나왔다는 행동이 무엇을 시사하는지 금세 간파한 민철의 한마디였다.

"미안해요, 이야기가 조금 길어지나 봐요."

예지도 어색하게 웃으며 민철에게 사과한다.

옥상에서 한 과장과 이야기를 끝낸 민철은 사무실로 돌아오자마자 곧장 조 실장과 예지에게 곧 있으면 한 과장이 총괄기획부 사무실을 방문할 거라는 사실을 알려주게 되었다.

동시에 민철은 자신이 사무실에 있으면 안 된다는 것도 잘 알고 있었기에 일부러 외근을 나갔다 오겠다는 말을 전했다.

물론 서 주임이 민철의 외근길에 동반한 것은 민철도 의도한 바가 아니다.

하나 오히려 서 주임도 사무실에 있는 것보다 차라리 민철과 함께 외근을 나온 것이 옳은 선택이었음을 다시 한 번 확인할 수 있었다.

만약 서 주임도 사무실에 있었다면 예지처럼 저렇게 조 실장과 한 과장과의 자리를 만들어주기 위해 사무실을 비워줬을 가능성이 크기 때문이다.

"어느 정도 걸릴 거 같나요?"

"글쎄요… 한 과장님 오신 지 아직 5분 정도밖에 안 돼서……."

"잘되었군요."

민철의 입가에 미소가 그려진다.

그와 동시에 멀뚱히 서 있는 서 주임과 예지에게 한 가지 일을 제안한다.

"빙수나 먹으러 가죠."

이번 기회가 아니면 왠지 먹을 수 없을 거 같은 기분이 들기 때문이었다.

* * *

며칠 뒤.

민철의 징계위원회가 열리기 전, 한 과장은 민철을 따로 호출하게 되었다.

저번에 이야기를 나눴던 옥상으로 올라온 민철은 한 과장의 얼굴을 보며 의아한 듯 묻기 시작한다.

"무슨 일이십니까, 한 과장님? 안색이 많이 안 좋아 보이십니다."

"민철 씨… 죄송스러운 말이지만, 좀 힘들 거 같습니다."

"네?! 무엇이… 말입니까?"

"아무래도 조 실장님을 비롯해 총괄기획부 사람들이 작정하고 민철 씨를 내보내려고 하는 모양인가 봅니다."

"그게 무슨……."

"이미 퇴폐 업소 영수증뿐만이 아니라 민철 씨가 그 술자리를 주도했다는 가짜 증거를 만들어가기 시작했습니다. 역시 조 실장님… 영악하더군요."

"……."

난간에 등을 기댄 한 과장이 여전히 미간을 찡그린 채 말을 이어간다.

"솔직히 말씀드리자면… 조목조목 민철을 변호할 여력과 증거가 너무나도 부족합니다. 제가 그때 당시 현장에 있었던 것도 아니고……."

"문승호 팀장이 있지 않습니까?! 문 팀장에게 증인이 되어달라고 요구한다면 분명 제 억울함을 밝힐 수 있을 겁니다!"

"그게……."

한 과장의 표정이 다시 한 번 굳어진다.

그러면서 동시에 믿을 수 없는 이야기를 털어놓기 시작한다.

"이미 문 팀장도 조 실장의 손에 넘어간 모양인가 봅니다."

"어, 어째서… 같은 조합원 아니었습니까?! 마, 말도 안 됩니다! 문 팀장이… 그럴 리가 없습니다!"

"믿기 힘드시겠죠. 저도 정말 괴롭습니다. 현재 단계에서 유일무이한 증인이 될 수 있는 문 팀장이 등을 돌려 버리게 되면… 저희는 승산이 없습니다. 이건 민철 씨 혼자만의 싸움이 될지도 몰라요."

"그, 그래도 저에게는 한 과장님이 계시지 않습니까! 한 과장님이라면 충분히 믿고 의지할 수 있습니다! 제가 전력을 다해 한 과장님이 원하시는 대로 모든 증언을……."

"민철 씨."

한 과장이 주변을 둘러본다.

근처에 아무도 없음을 확인한 뒤에 서서히 민철에게 다가간다.

성큼성큼.

한 발자국씩 앞으로 내딛는 그의 발걸음이 상당히 무거워 보인다.

"아직 민철 씨가 이 청진그룹에서 일한 지 얼마 안 돼서 그런지 모르겠지만… 얼마 전에 이와 비슷한 일도 있습니다."

"예……?"

"회장파와 부회장파 세력 문제는 아니었지만, 민철 씨와 같이 억울하게 모든 누명을 뒤집어쓰고 퇴사하게 된 분이 계시죠. 그분은 물론 원래 노조는 아니었지만, 자신에게 위기가 생김을 깨닫고 뒤늦게나마 노조에 가입했습니다. 평소에는 거들떠보지도 않더니 막상 자신이 잘릴 위기에 처하자 뒤늦게나마 노조를 찾게 된 것이죠. 물론 전 그 사람에 대한 행동에 뭐라크게 불만을 느끼거나 하진 않았습니다. 사람이란 본래 자신의 일이 아니면 막상 닥치게 된 일도 별로 큰 신경을 쓰지 않는 존재니까요."

"……."

"전 그분을 위해서도 최대한 변호와 충고를 해드렸습니다. 하지만 결과는 좋지 않게 끝났습니다. 저도 안타깝게 생각하지만… 그래도 세간에는 어쩔 수 없는 일이 있습니다. 제가 말하는 게 무슨 뜻인지 머리 좋은 민철 씨라면 잘 알고 계시겠죠."

"…그건……."

"노조라도 결국 근로자들의 모임밖에 되지 않습니다. 결국 윗사람들이 본격적으로 힘을 쓴다면 어쩔 도리가 없습니다."

"…얌전히… 퇴사를 당하는 게 오히려 저한테 좋다는 뜻입니까?"

"예. 지금이라면 권고사직이라는 이유로 실업 급여까지 신청할 수 있을 겁니다. 하나 버티고 버티다 실업급여는커녕 퇴직금조차 받지 못하는 경우도 전 봤습니다."

"청진그룹이… 그럴 리가 없지 않습니까?!"

"청진그룹이라 하더라도 결국 사람이 모이고 사람이 운영하는 단체입니다. 사람이 하는 이상 분명 그 속에서 피어나는 불신과 음모는 당연히 존재합니다. 게다가 심지어 회장 세력이라고 한다면… 퇴직금은 둘째 치고 민철 씨 인생이 끝날 수도 있습니다."

"……!!"

청진그룹은 글로벌 대기업이다.

이 거대 자본주의 덩어리가 고작 이민철이란 남자의 인생 하나를 파탄 내는 데에 필요한 노력은 얼마 들지 않는다.

"민철 씨가 조금이라도 이득을 볼 수 있을 때에 차라리 저들의 말에 따르는 게 훨씬 나아 보입니다. 조합장으로서 조합원의 억울함을 직접 두 눈 뜨고 지켜봐야 하는 입장이 된 건 억울하지만… 이게 다 민철 씨를 위한 일입니다."

"……."

"전 민철 씨가 현명한 사람이라 생각합니다. 부디 좋은 결정을 내려주시기 바랍니다."

한 과장의 마지막 한마디.

민철의 결정을 재촉하는 데에 결정적인 마무리 멘트이기도 했다.

화룡점정(畵龍點睛)과도 같은 그의 말에 민철이 천천히, 그리고 무겁게 고개를 끄덕인다.

대답 대신 제스처로 그의 뜻을 확인한 한 과장이 민철의 어깨를 토닥여 준다.

"민철 씨의 선택은 용기 있는 선택입니다. 너무 억울하게 생각하지 않으셨으면 좋겠군요."

이로써 민철이 스스로 권고사직을 받아들이게 되었다.

아니, 적어도 한 과장은 그렇게 생각을 하고 있었다.

＊　　　＊　　　＊

징계위원회가 열리고 난 이후.

다음 날에 곧장 총무팀과 인사팀, 그리고 총괄기획부와 노조 조합장인 한 과장의 종합 대책 회의가 열리게 된다.

그간 많은 자료 조사들을 해왔던 총무팀 대표 남성진과 인사팀 대표 차 실장, 그리고 한상술 과장이 일찌감치 자리를 잡아 앉는다.

"민철 씨는 안 오시는 건가요?"

차 실장이 의아한 듯 고개를 갸우뚱하며 묻는다.

그러자 상술이 어색하게 웃어 보이며 말한다.

"아마 참가할 수 없는 입장일 겁니다. 어제 징계위원회도 있었고요."

분명 징계위원회에서 민철의 퇴사가 결정되었을 것이다.

그러나 바로 그때였다.

"징계위원회… 요?"

차 실장이 무슨 말을 하냐는 듯이 오히려 한 과장에게 되묻는다.

그의 이상한 반응에 상술이 도리어 설명에 임하기 시작한다.

"민철 씨가 퇴폐 업소에서 거래처 상대방을 접대했다는 일 덕분에 징계위원회가 열린 걸로 알고 있습니다만… 아직 모르시는 겁니까?"

"징계위원회가 열렸다면 제가 모를 리가 없을 텐데요."

"……?!"

차 실장은 인사팀에 관한 업무가 전반적으로 어떻게 진행되는지 알고 있는 인물이기도 하다.

징계위원회에서 민철의 처분이 결정되었다면, 차 실장이 그 사실을 모를 리가 없다.

"민철 씨가 퇴사하게 되었다는 것도 모르시는 겁니까?"

"이 대리가요? 아니, 그 친구만큼 유능한 사람도 찾아보기 힘든데 왜 퇴사를 한다는 겁니까? 혹시 머메이드 쪽으로 이직한다는 뜻인가요?"

그녀의 여자친구가 머메이드 대표의 딸인 이체린이라는 건 차 실장도 잘 알고 있다.

하나 상술이 가리키는 건 그런 의미가 아니다.

도대체 이게 무슨 일이란 말인가.

당황해하는 상술의 눈앞에 또 한 번 믿기지 않는 일이 펼쳐진다.

"좋은 아침입니다."

자연스럽게 회의실 문을 열고 등장하는 한 남자.

바로 이민철이었다!

"어, 어떻게 민철 씨가……?!"

"어떻게라니요. 당연히 '회의' 하러 왔죠."

민철의 입꼬리가 슬쩍 올라간다.

그와 동시에 추가적인 말을 덧붙인다.

"아, 말을 잘못했군요. 노조 조합장인 한 과장님의 부정적인 노조 활동에 대해 이야기를 하고자 하는 회의를 하러 왔습니다."

"……!!"

자리에 앉자마자 민철의 말이 빠르게 이어진다.

"총괄기획부 조 실장에게서 제가 스스로 퇴폐 업소 사건 혐의를 전부 인정하게끔 만들어준다고 하고서 몰래 챙겨 받은 돈이… 대략 3천만 원 정도 되는군요."

"그, 그걸 어떻게……!!"

순간 손으로 자신의 입을 틀어막은 한 과장이 애써 평정심을 되찾으며 지적한다.

"말도 안 되는 소리를……."

"말이 안 되긴요. 조 실장에게 직접 들었습니다. 아, 믿지 못하겠다면 여기 녹취록을 담은 녹음기가 있는데 직접 들어보시겠습니까?"

라고 하면서 작은 녹음기를 재생하기 시작하는 민철이었다.

그와 동시에 조 실장으로부터 자신이 민철을 꼬드겨 스스로 퇴폐 업소 혐의를 인정하게 만들 테니 3천만 원을 달라는 제안을 건네는 한 과장의 목소리가 들려온다.

성진은 사전에 이미 민철에게 모든 전말을 들었기에 녹음기가 재생되는 동안에도 그다지 놀라움을 표시하지 않는다.

하지만 차 실장은 달랐다.

"이게 무슨……."

사건의 전모를 전혀 모르는 차 실장은 그저 어안이 벙벙한 표정으로 민철과 한 과장을 바라볼 뿐이었다.

"노조 조합장이라는 지위를 이용해서 조합원에게 좋은 말을 해주는 것처럼 권고사직을 유도하고, 정작 본인은 개인적인 이득을 최대한 챙기려고 하더군요. 이런 식의 사례가 과거에도 몇 번 있었죠. 그렇지 않습니까, 남성진 씨?"

"불행하게도 그렇습니다."

민철의 말을 이어받은 성진이 그간 청진그룹에게 불만을 제기했던 근로자들과의 인터뷰 내용을 털어놓는다.

"이들은 하나같이 겉으로 보기엔 원만하게 해결되었다는 보고를 받은 근로자들입니다. 하나 개개인들은 강한 불만을 가지고 있었습니다. 동시에 한상술 과장의 이야기도 빠질 수 없었죠. 한 과장 덕분에 청진그룹의 횡포로부터 벗어날 수 있다고 믿고 있지만, 듣자하니 그건 전부 감언이설(甘言利說)에 불과하더군요."

"그, 그건 전부 거짓……."

"증거 자료들이라면 얼마든지 보여드리겠습니다만."

남성진의 과거 자료들과 더불어 민철의 현장 포착 증거.

두 가지의 쇠사슬에 묶인 한 과장이 당황한 듯 자리에 일어나 외친다.

"무, 문 팀장은 어떻게 한 거지?! 분명 그 녀석이 먼저 나에게……."

"아, 문승호 팀장도 사전에 저희가 몰래 포섭한 인원 중 한명입니다. 이러이러해서 한 과장의 진의를 파악하고 싶다고 말했고, 문 팀장도 흔쾌히 허락을 했죠. 물론 문 팀장의 연기 실력이 그렇게 뛰어나다는 건 사실 저도 예상하지 못했습니다."

"감사팀에서 들었을 땐 분명 네 녀석의 징계위원회가 열리는 게 확실하다고 들었는데……!!"

"감사팀 전체도 저희와 한 패입니다. 조 실장님이 생각보다 인맥이 좋아서 말이죠. 게다가 총괄기획부의 서 주임이 감사팀 출신입니다. 감사팀의 협조를 구하는 것도 어렵지 않았습니다."

"크윽……!!"

결국.

이들 모두가 한 과장의 본심을 이끌어내기 위한 일종의 패거리들이었다.

하나둘씩 밝혀지기 시작하는 그의 뒷모습에 차 실장의 표정이 어두워진다.

"한상술 과장님."

나지막이 그를 부른 차 실장이 매섭게 눈을 흘기며 말한다.

"이 일은 상부에게 보고하지 않을 수가 없겠군요. 당신이 저지른 일이 얼마나 최악인지 말이죠."

"……"

차 실장의 말이 쐐기가 되어 한 과장에게 꽂히기 시작한다.

애초에 민철은 총괄기획부 팀원들과 짜고 함정을 팠다.

그리고 보기 좋게 한상술이란 자가 걸려들게 되었다.

털썩.

다리에 힘이 풀린 그가 힘없이 의자에 주저앉는다.

끝났다.

모든 것이…….

돈에 눈이 멀어 저질러왔던 그의 철저한 음모가 이민철과 총괄기획부, 그리고 남성진에 의해 박살이 난 것이다.

제4장

약혼식

노조 조합장, 한상술.

그가 보여준 그간의 비리 활동은 감사팀과 더불어 인사팀, 회사 간부들의 입을 거쳐 한경배 회장의 귀에까지 들어가게 되었다.

"……."

사무실에서 상당히 아니꼬운 시선으로 보고를 받던 한경배 회장.

"…이상으로 총괄기획부에서 진행했던 노조 관련 사건에 대한 보고를 모두 마치도록 하겠습니다."

무거운 표정으로 황 부장을 바라보던 한경배 회장이 넌지시 묻는다.

"한 과장은 지금 뭐 하고 있나?"

"자숙 중입니다."

"자숙이라⋯⋯."

다르게 말하자면, 처벌이 내려지기만을 기다리고 있음을 뜻하는 게 아닐까.

"이제 조만간 회의를 열어서 징계위원회를⋯⋯."

"징계위원회까지 열 필요가 있나?"

한경배 회장의 목소리가 착 가라앉으며 황 부장에게 새겨들으라는 식으로 명령을 내린다.

"지금 당장 회사에서 내보내게."

"예, 알겠습니다."

황 부장 역시 크게 토를 달 생각은 없는 모양인지 한경배 회장의 말을 곧이곧대로 받아들인다.

굳이 황 부장이 한상술을 변호할 이유는 전혀 없다.

오히려 총괄기획부가 마련한 노조 관련 해결책의 결과물을 보여주기식으로 선보이기 위해선 한상술 과장을 퇴사시키는 게 황 부장의 입장에선 가장 좋은 방식이라 생각하고 있었다.

물론 한 과장에게는 미안한 말이지만 말이다.

애초에 잘못을 저질렀으면 벌을 받는 게 당연하지 않겠는가.

결국 지금까지 부당노동행위를 받은 근로자와 청진그룹 사이에 끼어 노조 조합장이라는 지위를 이용해 뒷돈을 받아온 혐의가 한 과장의 발목을 잡게 되었다.

* * *

한상술 과장의 퇴사.

발표가 나자마자 한 과장은 조금의 망설임도 없이 회사를 떠나게 되었다.

애초에 자신의 행각이 전부 발설된 시점부터 이미 그는 자신이 회사에서 쫓겨날 거라는 사실을 일찌감치 인지하고 있었다.

그래서 군말 없이 회사를 떠나게 된 것이다.

물론 그의 퇴사 소식을 접한 사람들은 사실 처음에는 정확한 퇴사 이유를 알지 못했다.

그러나 그가 지금까지 행해온 흔적들을 접하기 시작하면서 동시에 알게 모르게 배신감조차 드는 사람들도 있었다.

특히나 같은 집단에 소속되어 있는 노조 조합원들은 다른 사람들에 비해 훨씬 더 많은 실망감을 표명했다.

한상술이라는 사람 자체가 다른 이들에게 친절함과 동시에 좋은 사람으로서의 면모를 많이 보여왔기 때문에 이들이 받은 충격은 말 그대로 배가 되어 돌아왔다.

사람에 대한 신뢰가 배신감으로 바뀌는 순간이었다.

그래도 할 건 해야 하지 않겠는가.

이미 나갈 사람은 나갔고, 남은 사람들이라도 어떻게든 꾸려 나가야 한다.

일단 가장 큰 문제는 바로 노조 조합장의 공석을 채워야 하는 일이다.

"노조 조합장 선출도 꽤나 문제 되겠군."

황 부장이 때마침 노조 관련 이야기가 나오자 무의식적으로 조합장 자리가 공석이라는 사실이 떠오른 모양인지 슬쩍 언급해 본다.

그러자 기다렸다는 듯이 조 실장의 말이 이어진다.

"그 점에 대해선 걱정하지 않으셔도 됩니다."

사무실 냉장고 안에 들어 있던 과자를 우걱우걱 해치우던 조 실장이 미소를 머금으며 말한다.

"제가 아는 지인 중 한 명을 조합장으로 올려 보낼까 생각하고 있습니다."

"네가 아는 인물이 한두 명이여야지. 말 한 번 섞은 것도 아는 사람이라고 하는 녀석이 원."

"지인 관계 등급 중 1등급입니다. 하하, 그 점에 대해서는 걱정하지 않으셔도 됩니다."

"등급이 나눠지냐?"

"예. 워낙 많으니까요."

"하긴, 그렇겠다."

인맥의 왕다운 면모였다.

노조 조합장 자리에 자신이 아는 사람을 올려놓으면 분명 노조 관련 업무에 도움이 될 것이다.

이번 공을 통해 노조에 관한 업무 몇 개를 타 부서에게서 가로채 올 수 있게 된 총괄기획부.

이로써 노조 분야에도 어느 정도 영향력을 행사할 수 있는 여지를 남겨두게 되었다.

물론 민철의 계획에 큰 도움을 준 성진도 나름 공로를 인정받았다.

결국 한상술 과장을 제외하곤 서로 윈윈(Win-Win) 효과를 받은 셈이다.

"아무튼 이번 노조 관련해서 정말 수고들 많았다. 결과도 좋게 끝났으니 오늘은 회식이나 하러 가자."

"여부가 있겠습니까, 하하!"

회식 이야기를 기다리고 있었다는 듯이 자리를 박차고 일어선 조 실장이 다른 사원들에게 참가 의사를 묻는다.

아니, 강제하기 시작한다.

"오늘 약속들 다 비워두라고! 무조건 참가, 알고 있지?"

"네~"

민철을 비롯해 서 주임, 그리고 예지까지.

마침 오늘 저녁은 한가한 모양인지 다들 회식 자리 참가 여부에 대해선 부정적인 답변을 들려주지 않는다.

＊　　　＊　　　＊

노조 조합장 선출 관련 소식 메시지가 PC 메신저를 통해 경영지원팀에 속해 있는 추화연에게도 착신음과 함께 도달한다.

하나 그녀의 답변은 실로 매우 간단했다.

ー오늘은 바쁜 일이 있어서 참가가 불가하오니 저는 기권할게요.

사실 애초에 노조에도 별 관심은 없었다.

그저 민철이 무슨 꿍꿍이로, 도대체 어떤 식으로 노조 관련 문제를 해결하려는 것인지 궁금해서 잠시 노조 조합원으로서 활동했을 뿐이다.

고차원적 존재, 그의 목적은 크게 복잡하지 않다.

민철을 감시한다.

결코 직접적으로 민철을 돕거나 하진 않는다. 그저 감시원으로서의 태도에 성실히 임할 뿐.

하지만 고차원적 존재는 개인적인 욕심 하나를 몰래 품고 있었다.

이민철이라는 자의 처세술을 배우고 싶다.

고차원적 존재라고는 하나, 결국 이들도 완벽한 존재는 아니다.

파벌이 존재하고 세력 싸움 또한 매번 지겹도록 펼쳐진다.

불완전하기에 서로 간의 이득을 위해 충돌한다.

그 와중에 추화연은 화술의 달인이라 불리는 민철의 처세술에 눈독을 들이고 있었다.

비록 고차원적 존재에 비해 하등 존재라고는 하나, 민철의 화술과 처세술은 거의 탈(脫)인간적이라 해도 전혀 어색하지 않을 만큼 능숙한 기교를 보여준다.

솔직히 화연의 시선에서 보자면 이번 민철의 계략은 감탄사가 나올 정도였다.

무엇보다도 가장 인상적이었던 것은 바로 민철의 연계 플레이었다.

혼자만이 아닌 목표가 같은 사람들과 동시에 이뤄내는 팀플레이(Team play).

'우리들에겐 바랄 수 없는 능력이겠지.'

고차원적 존재들은 이미 콧대가 높아질 만큼 높아져서 쉽사리 타 존재를 인정하려 들지 않는다.

세력 싸움이라는 것도 결국 그러한 버릇 때문에 발생한 것이기도 하다.

'좀 더 이민철이란 자에게 접근할 수 없을까?'

다른 고차원적 존재들에게 민철의 처세술을 자신의 것으로 만들고 싶다는 사리사욕을 대놓고 드러내지 않으면서 민철과의 관계를 좁힐 수 있는 하나의 연줄을 만들어두고 싶었다.

그런 생각이 들 무렵, 경영지원팀을 방문하게 된 한 명의 젊은 남자 사원이 기운차게 인사한다.

"안녕하세요, 홍보팀에서 온 도안이라고 합니다만."

"······!"

순간 화연의 입가에 미소가 새겨지기 시작한다.

분명 존재하고 있었다.

민철과 보다 깊은 연줄을 만들어두기 위한 장치가!

＊　　　＊　　　＊

회식 자리를 가진 그다음 날.

토요일 오전 아침의 여유로움을 만끽하던 민철은 요란하게 울리기 시작하는 스마트폰을 보자마자 순간 갈등에 휩싸이기 시작한다.

이 패턴은 너무나도 익숙하다.

민철이 쉬는 날 때마다 나타나 당연하다는 듯이 그의 휴일을 가로채 가는 한 여성의 존재.

바로 이체린에게서 걸려온 전화였다.

"···일단 받고 볼까."

어차피 안 받게 되면 그 삐침이 한동안 계속 간다는 걸 잘 알기에 얌전히 포기하고 통화 버튼을 누른다.

그와 동시에 민철이 예상했듯이 익숙한 목소리가 들려온다.

—민철 씨, 지금 어디야?

"집인데."

―마침 잘되었네. 오늘 시간 좀 많이 필요한데 괜찮지?

"또 뭘 하려고."

데이트인가.

아니면 다른 거?

체린은 주말 데이트를 즐기는 습성을 지니고 있다.

그래서 이번에도 그런 부류라고 생각하며 군말 없이 옷을 차려입는 민철.

그러나 민철이 예상했던 것보다 훨씬 더 빠르게 앞서 나가는 방향으로 진로가 설정되었음을 이때 당시엔 전혀 알 수가 없었다.

*　　　*　　　*

민철의 집에 도착하자마자 체린이 내민 한마디는 다음과 같았다.

"약혼해, 우리."

"……"

드디어 올 것이 왔구나.

민철은 속으로 그런 생각을 품을 수밖에 없었다.

약혼 이야기가 뜬금없이 등장한 것도 아니다. 이미 그전부터 체린이 계속해서 약혼에 대해 언급한 적이 있기에 민철은 담담하게 그녀의 이야기를 받아들일 수 있었다.

그때 당시에는 약혼에 대해 조금 더 시기를 미루자는 말을 했었다.

그러나 지금은 이야기가 좀 다르다.

특히나 체린 쪽에서 더 이상 약혼을 미루기 싫다는 듯한 눈빛을 하고 있었다.

"내가 민철 씨보다 연상인 거, 잘 알고 있지?"

"어느 정도."

"더 나이를 먹기 전에 결혼하고 싶어."

"무슨 일이라도 있었던 거야?"

"……."

체린이 이렇게까지 강경하게 말할 정도면 분명 약혼하자는 말이 나오게끔 한 요인이 분명 있을 터.

그리고 그 요인은 너무나도 사소한 것이었다.

"친구들이 다 결혼해 버렸거든."

"……."

"그래서 나도 이제 슬슬 시기가 아닐까 해서."

미묘하게 설득력이 있는 거 같으면서도 동시에 미묘하게 어이가 없는 기분도 느껴진다.

하나 이유가 어찌 되었다고 한들.

"좋아, 하자."

민철도 더 이상 때를 늦출 순 없다는 생각을 하고 있었다.

노조에 관한 문제를 해결한 덕분에 민철은 또다시 그 공로를 인정받게 되었다.

아마 조만간 승진 이야기가 또 나올 터.

게다가 총괄기획부의 업무가 늘어나면 늘어날수록 인력이 더더욱 필요한 것은 굳이 말할 가치가 없다.

고작 5명으로 각 부서가 담당하고 있는 업무에 모두 관여할 수는 없기 때문이다.

추가적인 인원 확충을 위해서라도 민철을 좀 더 위로 승진시키고, 기존의 총괄기획부 멤버들에게서 업무를 인수인계받거나 혹은 보좌해 줄 수 있는 사원들을 더 뽑을 계획이란 말을 황 부장에게서 들은 적이 있다.

슬슬 청진그룹 내에서도 안정이 잡히니, 이제 민철의 가정생활도 이에 따라 미리 안정화를 시킬 필요성이 있다.

지금 여유 있을 때 약혼, 그리고 결혼을 추진하는 것도 나쁘지 않다고 생각한 민철이 고개를 끄덕인다.

"그러자."

"…정말?!"

평소의 체린답지 않게 격양된 감정을 보이며 민철에게 되묻는다.

민철이 손쉽게 약혼에 대해 허락할 거란 생각을 하지 못했기 때문이다.

체린도 그냥 툭 한번 던져 보자는 식으로 막무가내식 떼를

쓴 것에 불과한데, 오히려 긍정적인 대답을 받아버리니 당황할 수밖에 없었다.

더욱이 민철이 쉽게 아무런 말이나 무책임하게 내뱉는 그런 남자가 아니라는 건 체린도 잘 알고 있다.

오랫동안 민철을 알아왔는데, 여자친구로서 그런 것도 모를 리가 없다.

"우선… 너희 아버님부터 만나 뵈러 갈까? 아니면 우리 부모님부터?"

"어, 어느 쪽이든 좋으니까 괜찮아!"

"그래, 알았어."

어린아이처럼 흥분한 체린의 모습에 민철이 귀엽다는 듯이 그녀의 작은 머리를 쓰다듬어 주기 시작한다.

*　　*　　*

청진그룹 입사 이후에 자주 집에 들를 시간이 없었던 민철은 실로 오랜만에 부모님 얼굴도 볼 겸 중요한 통보를 하기 위해 차를 몰고 자택으로 향하게 된다.

중요한 통보란 매우 간단하다.

체린과의 약혼 사실을 알려주기 위해서다.

민철의 부모님들도 그가 체린과 교제하고 있다는 건 익히 잘 알고 있었다.

문제가 있다면 직접 만나본 적은 없었다는 것이다.

뚜— 소리와 함께 한동안 계속 전화 신호 음이 이어진다.

민철이 운전하는 차량 옆에 탑승 중이던 체린은 평소와 다르게 무거운 침묵을 유지할 뿐이다.

평소의 그녀와는 상당히 다른 모습이다.

데이트를 할 때나 혹은 민철과 무슨 일을 추진할 경우에는 본인의 의견을 꽤나 많이 제시하곤 했는데, 오늘은 유독 조용하다.

신호 음이 끝나갈 무렵.

—아이고, 아들!

오랜만에 정겨운 부모님의 목소리에 민철이 넌지시 묻는다.

"어머니, 집에 게시죠?"

—나갈 곳도 없는데, 당연하지. 네 애비도 있다. 안방에서 티비 보고 있어.

"다행이군요."

어차피 주말에 민철의 부모님들이 별다른 일이 없으면 집 안에만 계신다는 걸 잘 알기에 먼저 차량을 출발시키고 뒤에 두 분 다 집에 계시는지 전화를 한 것이다.

물론 안 계셔도 집에서 올 때까지 기다리면 그만이다.

"지금 집에 갈까 합니다만."

—오늘? 쌩뚱맞게 왜?

"체린이도 데려가는 중이에요. 드릴 말씀이 있어서요."

—……!

순간 스마트폰 너머로 헛숨을 삼키는 소리가 들려온다.

체린을 데리고 온다니!

허둥지둥거리는 소리가 계속 이어지자, 민철이 빠르게 할 말만을 들려준다.

"20분 뒤 정도에 도착할 거 같으니까 준비하고 계세요."

—아, 알았다! 허이구, 참! 여보! 그 아가씨 온데요! 빨리 씻어요!……

통화 종료 버튼을 누른 뒤 슬쩍 체린의 얼굴을 바라보는 민철.

역시나 마찬가지로 아무 말도 못 한 채 빨개진 얼굴만 푹 숙이고 있었다.

지금까지 민철의 부모님에 대해서 건너 건너 듣긴 했지만, 이렇게 직접 만나는 건 처음이다.

"긴장돼?"

"그, 그럴 리가……!"

체린은 중요한 바이어들과 지금까지 수많은 미팅을 가지면서 단 한 번도 긴장 때문에 일을 그르친 적이 없다.

민철의 부모님은 바이어도, 그리고 직장 상관도 아니다.

그런데 이렇게까지 긴장이 되는 이유가 무엇일까.

'진정하자, 진정해!'

터질 것 같은 심장을 애써 억눌러 보지만, 쉽게 떨리는 마음을 진정시킬 수 없었다.

　그래도 민철보다 연상이라서 매번 그래도 기회가 되면 리드하는 티를 내려 했지만, 이제는 그럴 수도 없게 되었다.

　한편, 체린의 이런 긴장감에 눌린 모습을 귀엽다는 듯이 바라보던 민철은 그저 속으로 미묘한 웃음을 지을 수밖에 없었다.

＊　　　＊　　　＊

　민철의 집.

　차량에서 내리고 현관문을 엶과 동시에 나이가 좀 있어 보이는 중년의 부부가 민철, 그리고 체린을 반긴다.

　"아이고! 먼 길 오느라 고생이 많았어요."

　"아, 아니에요. 저기, 그러니까……."

　머릿속에 하얗게 되어버린 체린이 당황한 듯 말을 더듬기 시작한다.

　태어나서 처음으로 남자친구의 부모님과 마주하는 경험이기에 순간 무슨 행동을 취해야 하는지 전혀 감이 안 오고 있었기 때문이다.

　이제는 안쓰럽게까지 보일 정도인 그녀를 대신해서 민철이 선뜻 자신의 부모님에게 체린을 소개해 준다.

　"제가 자주 말해서 알고 계시죠? 제 여자친구인 이체린입니다."

"물론이지! 참말로… 곱구만. 어쩜 이렇게 예쁠 수가 있을까!"

민철의 어머니는 체린을 상당히 마음에 들어 하는 모습을 보인다.

잡티 하나 없는 피부에 얌전하고 조신해 보이는 그녀의 자태가 마음에 쏙 든 모양인가 보다.

특히나 현실적으로 가장 마음에 드는 건 역시 그녀의 집안 배경이라 할 수 있었다.

카페 머메이드.

대한민국에서 가장 핫한 신규 커피 전문 브랜드라 할 수 있다.

최근에는 민철의 도움으로 인해 화이 윙의 메져와 손을 잡고 중국, 그리고 아시아 진출을 노리고 있다.

점점 세력을 확장해 가는 머메이드, 그 중심엔 이체린이라는 젊은 여성이 우뚝 서 있다.

이미 능력적으로는 그 누구에게나 인정을 받은 체린이지만, 그렇다고 덥석 그녀와의 약혼을 허락할 순 없다.

"슬슬 들어가죠. 할 이야기도 있으니까요."

"으음, 그래."

뒤에서 이들을 지켜보고 있던 민철의 아버지가 고개를 끄덕이며 안으로 들어오라는 수신호를 보낸다.

이제부터가 본격적인 시합이자 무대다.

체린과의 약혼을 부모님들로부터 받아낼 수 있을 것인지.

물론 민철이 적극적으로 도움을 준다면 별다른 문제 없이 결혼 약속을 허락받을 수 있을 것이다.

하지만 그렇게 되면 체린의 자존심이 용납하지 못한다.

민철은 스스로 체린의 아버지로부터 정식으로 교제를 허락받고, 딸의 미래를 책임질 수 있는 남자임을 증명해 냈다.

그렇다면 체린도 마찬가지다.

본인의 힘으로, 스스로 민철의 부모님으로부터 정식으로 보다 깊은 교제를 허락받아야 한다.

'…내가 너무 깊게 관여하면 안 되겠군.'

민철 또한 그렇게 마음을 먹는다.

여기서부터는 민철의 무대가 아니다.

바로 체린의 무대인 셈이다.

*   *   *

"웃차."

텔레포트 마법진을 통해서 회사 근처까지 순간이동을 해온 도안은 오전부터 주말 출근을 서두르고 있었다.

일반적인 회사원들이라면 주말 출근에 많은 불만을 토로했을지도 모르지만, 성실함의 대표 선두 주자인 도안은 주말 출근에도 그렇게까지 많은 불만을 어필하지 않았다.

전에 다니던 공장은 하는 일의 양은 많은데 돈도 안 준다.

그러나 청진그룹 본사는 달랐다.

물론 하는 일이 크게 줄었다거나 하는 건 아니지만, 그래도 확실히 일한 만큼의 보상은 제대로 준다.

야근을 해도 야근 수당이 꼬박꼬박 나오니 말이다.

일을 한 시간만큼 일한 수당을 줘야 하는데, 대한민국이란 나라는 오히려 최소한의 임금을 지불하며 최대한의 노동력을 뽑아먹으려고 한다.

그 점이 상당히 마음에 안 들었던 도안은 그나마 특별수당을 제대로 챙겨주는 청진그룹이란 회사가 꽤나 괜찮게 보였다.

"안녕하세요."

사무실 문을 열고 들어서는 도안을 향해 부스스한 머리로 그를 멍하니 바라보는 인물이 미리 사무실을 차지하고 있었다.

"어… 도안이냐?"

"구 부장님, 아직 퇴근 안 하셨었나요?"

"…그런 셈이지. 후아암……!! …지금 몇 시냐?"

"그러니까… 오전 9시 반이요."

"그러냐."

시간을 확인하자마자 구 부장이 자리에서 일어선 뒤 회의실로 향한다.

손에는 작은 베개와 더불어 무릎 담요가 들려 있었다.

아마도 이불로 사용할 심산인가 보다.

"점심시간 되면 깨워줘라. 알겠지?"

"예, 알겠습니다. 좀 쉬세요."

구 부장에게 조금이라도 쉬기를 권유한 뒤, 자신의 자리로 찾아 앉은 도안이 주변을 둘러본다.

사무실에서 밤을 새운 것으로 보이는 구 부장 말고는 딱히 다른 사람들은 보이지 않는다.

'잠깐 실력 발휘 좀 해볼까?'

제대로 환기조차 되어 있지 않은 사무실.

정신을 집중시켜 가볍게 저클래스 바람 계열 마법을 발동시킨다.

동시에 창문을 개방시키며 외부 공기와 내부 공기를 빠르게 순환시키도록 재촉한다.

휘우웅!

바람의 순환에 눅눅하고 습하던 내부 공기가 산뜻한 공기로 바뀌어간다.

"이 정도면 되려나."

근무 환경도 상당히 중요하다.

왜냐하면 건강에 많은 영향을 미치기 때문이다.

레디너스 대륙에서처럼 매번 학구열에 빠져 몸을 제대로 움직이지 않았던 도안은 주기적인 스트레칭과 올바른 환경의 조성이 건강을 유지하는 데에 많은 도움을 준다는 걸 잘 알고 있다.

그렇게 마법을 통해 공기를 순환시킨 도안.

그 순간, 인기척이 들려온 탓에 마법을 정지시킨다.

똑똑.

사무실 문을 가볍게 노크하고 들어오는 한 여성.

도안이 기억하는 바로는, 경영지원팀의 추화연이 틀림없었다.

"어머나, 안녕하세요!"

"아, 안녕하세요!"

도안이 처음 입사를 했을 때, 자주 사무용품 수령이라든지 청구 문제 덕분에 꽤나 빈번하게 마주친 적이 있는 여사원이다.

둘 다 입사 시기가 비슷하기도 하고, 공채가 아닌 특채라는 점에서 서로 처지도 비슷하기에 자주 말이 통하는 모습을 보여왔다.

"주말 출근이라니, 힘드시지 않으세요?"

"괜찮습니다. 화연 씨도 주말 출근이시잖아요?"

"저야 일이 좀 있어서요."

손으로 슬쩍 입을 가리며 웃는 화연.

그녀의 모습에 살짝 이성적인 면으로 두근거리는 심정을 느

낀 도안이었으나.

이어지는 한마디에 그런 마음도 싸그리 사라지게 된다.

"초급 마법을 사용할 줄 아시네요."

"……!!"

너무 놀란 나머지 동공이 크게 확장된 눈으로 화연을 바라
보기 시작한다.

아니, 노려보기 시작한다.

"정체가 뭐지?"

오른손과 왼손에 각각 마나를 집약시킨다.

언제라도 원소 공격 마법을 발동시킬 수 있게끔 준비 자세
에 들어간다.

"글쎄요."

"대답해. 넌 누구지? 혹시……."

물론 결론은 둘 중에 하나다.

민철이 도안에게 소개시켜준 MBS 조직의 일원이든가.

아니면…….

마법을 알고 있는 또 다른 존재.

레디너스 대륙에서 건너온 사람이라면 충분히 가능하다.

도안이 알기론 레디너스에서 차원을 넘은 사람은 단 한 명.

바로…….

"레이폰 더 데스사이드인가!!"

맹렬하게 몰아치기 시작하는 마나의 기운에 화연의 눈빛이

가늘어진다.

그와 동시에 그녀가 오른손을 들며 얇은 손가락을 강하게 한 번 딱! 소리가 나게끔 튕긴다.

그러자 놀라운 일이 발생한다.

"어⋯⋯?!"

방금 전까지 맹렬한 기세로 몰아치던 마나의 기운이 순식간에 사라져 버린 것이다!

도안이 스스로의 의지로 마법을 취소한 건 아니다.

외부의 요인에 의해 강제적으로 마법이 취소당한 게 틀림없다.

9클래스나 되는 마법사의 마법 발동을 취소시킬 정도라니.

"당신은 도대체⋯⋯."

어이가 없는 시선으로 바라보는 도안에게 추화연이 빙그레 웃어준다.

"모처럼의 주말 출근인데 마법 가지고 서로 싸우는 것보다 후딱 일이나 끝내고 빨리 퇴근할 생각부터 해야죠. 안 그래요?"

"⋯⋯."

여전히 그녀가 무슨 의도로 이런 말을 하는지 모르겠다는 생각밖에 안 드는 도안이었다.

*　　　*　　　*

"그러니까… 결혼을 전제로 약혼식을 올리겠다는 말이냐?"

민철의 아버지가 재차 확인하듯 묻는다.

그러자 민철이 다시 한 번 힘차게 고개를 끄덕이며 대답한
다.

"예."

"허허……."

물론 체린이 결코 나쁜 여자란 뜻은 아니다.

하지만 갑자기 결혼 통보라니.

민철의 부모님은 아직 체린에 대해 잘 알지 못한다.

설령 그녀가 부잣집 따님이라 하더라도, 인격이라든지 성격
이 민철과 잘 맞지 않는다면 결국 가정생활은 파탄이 날 수가
있다.

돈이 대부분의 문제를 해결해 줄 수 있지만, 모든 문제를 해
결해 주진 않는다.

성격 차이로 인한 이혼은 대한민국이란 나라에서 꽤나 빈번
하게 발생하는 현상 중 하나라고 할 수 있다.

"결혼이라……."

이들의 시선이 절로 체린에게 향한다.

졸지에 타깃이 된 체린은 최대한 담담한 표정으로 이들의
시선에 마주한다.

너무 위축된 모습을 보여선 안 된다.

왜냐하면 지나치게 소극적인 면모가 오히려 민철의 부모에게 아들의 결혼 생활에 대한 불안감을 심어줄 수 있기 때문이다.

체린도 결코 약한 여자는 아니다.

민철에 비해 저평가될 뿐이지, 그녀도 그녀만의 협상 테이블에서 충분히 자신의 능력을 발휘할 역량이 되는 여자다.

적어도 민철은 그렇게 믿고 있었다.

*   *   *

"흐음……."

옅은 한숨을 내쉬는 부모님들의 모습에 잔뜩 긴장한 체린이 두 사람의 눈치를 보기 시작한다.

천하의 이체린이 눈치라니.

체린을 아는 사람이라면 말도 안 된다는 반응을 보일 게 뻔하다.

혹은 이체린이란 여자가 아닐 가능성도 배제할 수 없을 거란 생각을 하게 될지도 모른다.

그만큼 체린의 반응은 민철에게 신선해 보였다.

혹은 귀여워 보이기도 했다.

'여자는 참으로 치사한 종족이군.'

무엇을 하든 간에 귀엽게 보인다.

남자의 보호 본능을 마구 자극할 만한 모습을 마구 보여주는 게 민철로서는 치사하단 생각까지 들 정도였다.

물론 남자친구로서 콩깍지가 쒼 것일지도 모른다.

하지만 객관적으로 봐도 체린은 분명 미인이라 불릴 만한 외모의 소유자다.

하나 예쁘다는 것이 결혼이란 결과로 이어지지 않는다.

양가 부모님의 허락을 맡기 위해선 능력도 중요하다.

민철은 체린의 부모님으로부터 허락을 받았다.

결혼을 정식으로 허락받은 건 아니지만, 결혼을 전제로 한 교제를 허락받았기에 허락은 거의 받았다 해도 무방하다.

하지만 체린은?

민철의 부모님을 만나본 적도 없다.

오늘 처음 만나는 자리에서 결혼을 허락받아야 한다는 건 매우 어려운 일이다.

"아가씨는⋯ 어째서 우리 민철이를 좋아하게 되었는지 물어봐도 될까요?"

민철의 아버지가 넌지시 질문을 던진다.

분명 이들이 처음 만나게 된 것은 민철이 청진그룹에 입사하기 전의 일이다.

실제로 교제를 시작한 것 역시 입사 이전의 일.

잘나가는 사업가의 딸인 체린이 어째서 취업 준비생에 불과했던 민철과 사귀기로 결심한 것일까.

의아함을 품을 만도 하다.

부모의 입장에선 체린이 품고 있는 진의(眞義)를 알고 싶어 하는 것이다.

체린도 그 점을 잘 알고 있기에 솔직하게 본심을 털어놓는다.

"전 민철 씨가 충분히 능력 있는 남자라고 생각해요. 그래서 취업 준비생이었을 때에도 분명 민철 씨라면 청진그룹에 입사할 거라고 확신했어요."

"만약 민철이가 떨어졌다면……."

"떨어졌다 하더라도 분명 다른 곳에서 충분히 활약할 수 있었을 거예요. 전 그만큼 민철 씨를 믿고 있어요. 분명 민철 씨는 낮은 곳에 머무를 남자가 아니에요. 충분히 위까지… 제가 도달하지 못할 곳까지 올라갈 거예요. 그 믿음이 있기 때문에 민철 씨를 선택했어요."

"……."

체린은 그 누구보다도 민철의 능력을 먼저 인정했다.

보통내기가 아니다.

평범한 사람이 아니다.

그렇기에 그녀는 민철을 믿고 따른다.

능력이 있는 남자에게 반하지 않을 여자는 거의 없을 것이다.

"우리도… 이 녀석이 참 신기하긴 하지."

민철의 아버지가 과거를 회상하듯 말한다.

"분명 대학교 2, 3학년 때까지만 하더라도 아무런 장점이라 곤 없는 녀석이었는데… 심지어 안 좋은 일도 있었고."

아마 레이폰이 이 차원으로 건너왔을 때의 일을 언급하는 것이리라.

기억상실증을 보였던 민철만 생각하면 금세 눈시울이 붉어지는 게 부모의 마음이리라.

하지만 민철은 어엿한 청년으로, 그리고 집안의 자랑거리로 성장했다.

"아무튼 이 녀석이 이렇게까지 능력 있는 놈이라는 건 우리도 얼마 전에 알았었지."

"그러게요."

서로 말을 주고받으며 고개를 끄덕이는 민철의 부모님.

이야기가 잠시 다른 길로 새어 나가는 거 같아 민철이 슬쩍 말의 궤도를 바로잡기 위해 입을 연다.

"결혼은 허락하시는 겁니까?"

"아, 맞다."

손뼉을 찰싹 마주친 민철의 어머님이 헛기침을 하며 말한다.

"아가씨가 우리 민철을 신뢰하고 있다는 것도, 그리고 민철의 능력을 인정한다는 것도 잘 알고 있어요. 하지만 역시 부모된 마음으론……."

뭔가 또 질문하려 하는 것일까.

잔뜩 긴장한 듯 호흡을 딱딱하게 내쉬는 체린에게 예상치
못한 질문이 들려온다.

"혹시 집안일은 좀 할 줄 아는지……."

"…네?"

"오호호. 아무래도 여자라면 그래도 집안일 정도는 할 줄 알
아야 해서……."

"이 여편네야. 귀한 집 아가씨한테 그런 걸 질문해 봤자 뭐
하게."

"그치만 중요하잖아요."

"이 사람이 참… 미안하우, 아가씨. 내 대신 사과하리다."

"아니에요, 괘, 괜찮아요."

고개를 좌우로 다급하게 절레절레 저어 보이는 체린이었다.

그녀의 움직임에 따라 긴 머리카락이 공중에 너풀거리기 시
작한다.

미묘한 웃음을 지으며 머리카락 정돈할 정신조차 없는 체린
을 대신해 민철이 체린의 머리를 쓸어내려 준다.

한편, 체린은 최대한 자신의 장점을 어필하기 위해 목소리
에 힘을 주며 말한다.

"지, 집안일 할 줄 알아요."

"어떤……."

"요리도 할 줄 알구요, 청소도… 그리고 웬만한 집안일 정도
는 다 할 수 있어요. 가끔 민철 씨 집으로 찾아가서 요리도 해

줄 정도로……."

"민철이 집에 자주 간다고?!"

"아……!!"

순간 체린이 자신의 입을 틀어막는다.

커다란 실수를 한 모양인지 동공이 크게 확장된다.

남자가 혼자 사는 집에 여자가 찾아간다는 건 여러 가지 의미를 내포한다.

특히 두 사람이 연인 관계라 한다면 더더욱.

"벌써부터 그런 관계가……."

부모 입장에선 분명 충격일지도 모른다.

체린은 거의 울 것 같은 표정을 지으며 민철을 바라본다.

괜히 민철의 부모님에게 밉상을 보여 결혼 허락을 받지 못하면 어떻게 될까.

그런 생각이 체린의 머릿속을 지배하자, 결국 참다못해 민철에게 도움을 요청하게 된다.

하나 민철은 그저 쓴웃음을 지으며 말한다.

"진작부터 알고 계시면서 왜 모른 척을 하시는 거예요."

"아니… 그냥."

"새아가 당황하는 모습 좀 보고 싶어서 말이다. 하하."

민철의 어머니와 아버지가 순차적으로 어색하게 웃으며 말을 한다.

이건 또 무슨 소리인가.

당황한 표정으로 민철에게 다급히 묻기 시작하는 체린.

"무, 무슨……."

"네가 자주 우리 집에 들락날락한다는 건 진작부터 두 분 다 알고 계셨어."

"저, 정말……?!"

놀라 헛숨을 삼키는 체린이었다.

동시에 귀까지 빨개진 얼굴을 필사적으로 감추려는 모습이 또 귀여워 보이는 모양인지 흐뭇한 미소를 지으며 체린을 바라보는 민철의 부모님들이었다.

"예전에 민철이 집에 갔을 때 주방하고 냉장고 상태를 보니까, 우리 민철이가 해놨다고 보기에는 너무 깔끔하게 잘되어 있다 생각했었지. 주방 정리도 나쁘지 않고요."

"그……."

"분명 여자의 손길이 닿았을 거라 생각했어요. 그때부터 이미 알고 있었고요."

오랜 주부 경험을 지니고 있는 어머니 눈을 속일 수는 없었다.

체린의 가정적인 부분은 사실 이미 증명이 된 셈이었다.

슬쩍 체린에게 손을 내밀기 시작하는 민철의 어머니.

"앞으로 우리 아들을 잘 부탁드릴게요."

"아… 저기……."

머릿속은 이미 패닉 상태였으나 한 가지 사실은 명확하게 인식할 수 있었다.

결혼 허락을 받았다.

민철의 부모님이 그녀를 인정했다는 사실에 눈시울이 붉어지기 시작한다.

"저야말로… 잘 부탁드려요!"

이렇게 해서 이민철과 이체린.

두 사람은 잠정적으로 양가 부모로부터 결혼을 허락받게 되었다.

*   *   *

한가한 주말 어느 오후.

한경배 회장은 사뭇 불편한 표정으로 지방에 있는 골프장에 올 수밖에 없었다.

건강이 많이 회복되었다곤 하나, 그래도 여기저기 막 돌아다닐 법한 수준까진 아니다.

그렇다고 상대방이 아직은 요양 중이라는 핑계를 대면서 무시해도 될 만한 그런 인물이 아니었다.

한경배 회장을 호출한 남자가 골프채를 들고 강하게 휘두른다.

타악!

경쾌한 타격 음과 함께 작은 골프공이 시야에 벗어나기 시작한다.

"나이스 샷."

한경배 회장이 작게 박수를 치며 남자의 실력을 칭찬한다.

"실력은 변함이 없군."

"감사합니다, 하하하."

슬며시 미소를 지어 보이며 한경배 회장에게 가볍게 고개를 숙인다.

이른 나이에 정계에 진출한 남자, 강오선.

현재 신오름당 원내 대표를 차지하고 있으며, 대통령의 충신이라 불리는 그런 남자라 할 수 있다.

여당 내에서도 실세라고 불리는 그에게 과연 누가 거역할 수 있을까.

"……"

한경배 회장이 살짝 미간을 찡그리며 자리에 앉는다.

그의 모습을 바라보던 강오선이 걱정된다는 표정으로 한경배 회장에게 다가와 묻는다.

"아직 많이 편찮으신 거 같군요."

"…그런 셈이지."

"이런, 제가 괜히 회장님을 뵙자고 한 듯싶습니다."

오선이 미안함을 가득 담은 얼굴을 하기 시작한다.

하지만 한경배 회장은 잘 알고 있다.

저 감정 표현은 분명 거짓이란 사실을.

강오선이 변호사로 일하고 있을 시절부터 한경배 회장은 알게 모르게 그의 도움을 많이 받아왔다.

청진그룹 법무 관련 자문 위원을 도맡으며 어려운 일이 있을 때엔 먼저 앞서서 한경배 회장을 도와주곤 했다.

분명 젊은 시절의 강오선은 정의감 넘치고 성실하기로 유명한 변호사였으나.

권력이 그를 바뀌게 만들었다.

강오선은 점차 권력의 단맛에 취해 지금은 오로지 탐욕만을 밝히는 그런 남자가 되어버렸다.

'이른 나이 때부터 너무 일찍 권력의 단맛을 접해 버렸어. 쯧쯧……'

그래서 한동안 한경배 회장이 먼저 연락을 하거나 하는 일은 거의 없다시피 했다.

그리고 몸 상태도 안 좋아 자택에서 요양을 하며 지냈으니 말이다.

하지만 너무 타이밍이 좋게 그에게서 연락이 온 것이다.

한경배 회장은 이 자리에 오면서 많은 생각을 품고 있었다.

그가 왜 갑자기 자신을 보자고 한 것일까.

아무리 생각을 해도 정확한 목적을 알 수가 없었다.

강오선, 그는 누구보다도 자신의 생각을 겉으로 드러내지 않는 진정한 포커페이스의 소유자다.

아무도 그의 진의를 알지 못한다.

오죽하면 본인도 자신의 생각을 모르는 게 아닐까 하는 생각이 들 정도이니 말이다.

'하긴, 속마음을 누구보다도 잘 감출 수 있었기 때문에 원내대표란 자리까지 올라갔겠지.'

겉과 속이 다른 남자, 그게 바로 강오선이다.

게다가 사람을 포섭하는 능력, 처세술, 화술과 눈치까지.

한경배 회장이 가장 두려워하는 인물 두 명이 있다면 남우진과 강오선, 이 두 사람을 꼽을 정도다.

그만큼 가급적이면 만나고 싶지 않은 사람이 한경배 회장을 불렀다는 건.

틀림없이 무슨 목적이 있다는 뜻일 터이다.

하나 아직까지 무난하게 골프만 칠 뿐, 좀처럼 속내를 드러내지 않고 있다.

그냥 강오선의 호출을 무시할까 하는 생각도 해봤지만, 너무 크게 성장한 그의 영향력을 결코 무시할 순 없다.

대통령의 열렬한 신뢰를 받고 있으면서 동시에 여당인 신오름당의 수장 역할을 하고 있다.

그가 어느 한 가지 일을 추진한다면, 대부분의 여당 소속 국회의원들은 그의 감언이설에 넘어갈 것이다.

현존하는 최고의 권력자!

아마도 강오선을 가리켜 하는 말이 아닐까 싶다.

"몸 상태도 좀 그러니 슬슬 일어날까 하네만."

"그렇군요. 식사라도 같이 할까 생각했었는데, 아쉽습니다."

"식사 제안 이전에 나에게 할 말이 있지 않았는가?"

한경배 회장의 시선이 매섭게 강오선을 노려본다.

"나를 부른 이유에 대해서 아직 자네는 한 마디도 하지 않았네."

"하하하… 역시 회장님이시군요. 예나 지금이나 직설적인 그 어투는 여전하십니다."

"누구와는 다르게 난 내 속마음을 표출해야 할 때는 유감없이 표현하는 사람이니까."

"그 누구의 정체가 궁금하군요."

물론 강오선도 잘 알고 있다.

하지만 계속 모른 척을 하며 한경배 회장의 말을 받아주는 척한다.

"회장님께 한 가지 제안을 드릴까 합니다만."

제5장

협박

둘은 민철의 부모님을 뵙고 난 뒤, 다음 주 주말에는 체린의 부모님을 뵙기로 약속을 잡는다.

일단 구두상으로는 이미 양가 부모님들에게 결혼에 대한 허락을 받게 된 터라 다음 주에 체린의 집에 가는 것도 그렇게까지 크게 부담감이 느껴지지 않는다.

잠정적으로 결혼을 허락받게 된 탓일까.

"씻고 와서 아침밥 먹어."

"……."

이른 아침부터 주방에서 아침 식사를 준비하기 시작하는 체린의 모습에 민철이 순간 할 말을 잃는다.

오늘은 주말이 아니다.

바로 평일, 그중에서도 월요일이다.

즉, 출근을 하는 날이란 뜻이다.

그럼에도 불구하고 어째서 체린이 아침부터 민철의 집에 있는 것일까.

시간을 거슬러 올라가 어제저녁.

양가 부모에게서 결혼 허락을 받은 역사적인 날이라는 핑계를 둘러대며 체린이 오늘 하루는 민철의 집에서 보내고 싶다는 말을 꺼내게 되었다.

물론 민철은 일단 거절했다.

내일 본인도 출근해야 하고, 체린 역시 출근을 해야 했기 때문이다.

하나 체린의 고집은 상상 그 이상이었다.

'무단결근이라는 말이 있잖아.'

'있긴 하지. 그런데 그걸 왜.'

'내일 내가 한번 해보려고.'

'……'

깐깐하기로 소문난 체린이 무단결근을 결정했다.

할 말이 없어지는 민철에게 체린이 쓴웃음을 지으며 자신의 말을 번복한다.

'농담이야. 무단결근까진 아니더라도 지각 정도는 해도 괜찮

겠지.'

'그렇군.'

이미 체린의 표정에선 결코 그녀를 설득할 수 없다는 단호함을 품고 있었다.

나름 오랫동안 체린을 알고 지내온 민철로선 그녀의 고집을 꺾을 수 없다고 판단했기에 결국 설득하기를 포기한다.

때때로 이길 수 없는 싸움이 있다면 굳이 에너지를 낭비하면서까지 싸울 이유는 없다.

일찌감치 포기하는 것도 하나의 방법이라 할 수 있다.

그리고 그 포기의 결과가 바로 오늘 아침, 체린이 주방에서 요리하는 모습까지 이어진 것이다.

화장실에 들어가 씻은 뒤 식탁에 앉은 민철의 앞에 아침식사치고는 제법 화려한 식단이 완성된다.

"민철 씨, 김치찌개 좋아해서 일부러 만들어봤어."

앞치마를 두른 체린이 민철의 맞은편에 자연스럽게 앉으며 그를 지그시 응시한다.

빨리 자신이 만든 요리를 맛보라는 신호였다.

"먹어보도록 하지."

"응."

숟가락을 들어 김치찌개를 맛본다.

예전에도 간혹 체린의 요리를 맛본 적이 있지만, 그때마다 민철은 예상외로 요리를 잘하는 체린의 솜씨에 감탄을 하곤 했다.

일이면 일, 그리고 요리면 요리.

말 그대로 만능이라 할 수 있는 체린의 모습에 민철은 속으로 자신이 여자는 그래도 잘 만났다는 생각을 하게 된다.

"음, 괜찮군."

오늘의 김치찌개 맛도 대호평이다.

민철의 칭찬에 기분이 좋아진 모양인지 체린의 입가에 살며시 미소가 새겨진다.

"이러고 있으니까 꼭 신혼부부 같아."

"…하하……."

"남편의 출근을 위해 아침부터 요리하는 아내의 모습… 어때, 두근거려?"

"조금 더 고집을 줄이고 남편의 말을 잘 듣는 아내가 된다면 더더욱 두근거렸을지도 모르지."

"내가 어제 돌아갔으면 좋았겠다는 거야?"

"이성적으로는 그렇긴 하지만, 본능적으로는 아니었지."

"민철 씨도 참……."

어제저녁.

체린이 고집을 피우며 민철의 집에서 하룻밤을 보내게 되었다.

신체 건장한 남자라면 아리따운 여자와 같은 공간에서 밤을 함께 보내는데 가만히 놔둘 리가 없지 않은가.

게다가 서로 연인 관계라고 한다면 더더욱.

그래서 어제저녁 열정적인(?) 시간을 보냈던 민철은 원기 회복을 위해 든든한 아침 식사를 챙겨 먹기 시작한다.

아마도 체린이 어제 고집을 부리면서까지 민철의 집에 남고 싶었던 이유는 바로 이 신혼 분위기를 만끽하고 싶어서가 아닐까.

'역시 여자란 정말 이론적으로 알 수 없는 행동을 많이 보여 주는 생물이로군.'

*　　　*　　　*

회사 출근을 마친 민철은 아침에 했던 말을 또다시 할 수밖에 없었다.

"여자란 진짜……."

아니, 이러한 경우에는 여자라는 말을 접목시켜도 좋을지 잠시 헷갈리고 있었다.

왜냐하면.

"어떻게 생각합니까, 민철 씨?"

이른 아침부터 도안에게 상담을 요청받은 민철은 예상치 못한 질문을 받게 되었다.

바로 경영지원팀의 추화연이 같은 MBS 소속이라는 말을 해왔기 때문이다.

"저도 정말 놀랐습니다! 주말 오전에 출근해서 사무실도 환기시킬 겸 마법을 사용했는데, 화연 양이 제가 마법을 사용한 흔적을 정확하게 눈치챈 게 아닙니까! 설마 같은 회사에서 민철 씨 말고도 MBS 회원이 또 있을 줄이야… 놀랐습니다."

"…잠깐만요."

일단 도안을 진정시킨 민철이 그에게 재차 다시 묻는다.

"그 녀석… 어흠, 죄송합니다. 화연 양이 본인도 MBS 소속 마법사라는 말을 했단 말입니까?"

무심코 화연의 독단적인 행동에 화가 치밀어 오른 민철이 자신도 모르게 속마음을 담은 '그 녀석'이란 말이 튀어나오자마자 말을 정정한다.

그러나 도안은 딱히 크게 신경 쓰지 않는 듯 고개를 끄덕인다.

"예, 민철 씨와도 잘 아는 사이라 하더라고요."

"…그렇군요."

물론 잘 아는 사이이긴 하다.

그것도 각별한 사이라고 할까.

도안을 만나기 전부터 알고 지내던 사이이니 화연의 말이 틀린 것도 아닐 터.

하지만 이런 식으로 설마 민철과 도안의 설정 관계에 무임승차를 할 거란 생각은 꿈에서도 알지 못했다.

'내가 체린과 시간을 보낼 때 그런 일이 발생하고 있을 줄은 몰랐군.'

점점 자신의 행보에 관여하기 시작하는 추화연.

그녀는 정말 아군인가, 적군인가.

노동조합에 관한 사건 때에도 그녀는 민철을 도와준다는 기색을 하고 중간에 끼어들었지만, 민철은 아무리 생각해도 결코 그게 도와줬다는 행위와는 거리가 멀어 보인다는 판단을 내렸다.

결국 추화연이란 여자는 믿을 게 못 된다.

게다가 그녀는 인간이 아니다.

고차원적 존재가 인간으로 둔갑한 존재인데, 과연 믿을 수 있겠는가.

청진그룹 빌딩 로비에서 몰래 인간으로 둔갑한 고차원적 존재는 분명 그들끼리의 세력 다툼이 있다고 했다.

민철이 신과의 만남을 성사시킨다, 성사시키지 못한다에 따라 구도가 갈리는 세력 싸움이 분명 존재한다는 말을 들었기 때문이다.

여기서 민철은 다시 한 번 의심해 봐야 할 요소를 재차 떠올린다.

안내원 아가씨와 추화연.

두 사람은 과연 같은 고차원적 존재가 둔갑한 인간일까?

과거의 안내원 아가씨에 비해 너무나도 타입이 다르다.

그때 안내원 아가씨는 자신의 정체를 철저하게 숨기고 오로지 방관자로서 민철을 지켜보고 있었다.

하지만 추화연은 다르다.

오히려 적극적으로 민철의 이야기에 가담하려는 의지가 선보인다.

'주의해야겠군.'

속으로 추화연에 대한 경계심을 무럭무럭 키워가는 민철이었지만, 그런 민철의 속도 모른 채 도안은 그저 싱글벙글한 미소로 신이 난 듯 계속 말하기 시작한다.

"MBS라는 단체가 있어서 정말 다행입니다. 실제로 마법을 사용하는 사람과 자주 마주치게 되니 저도 모르게 신이 나는군요."

"하하하, 다행입니다."

의도치 않은 긍정적인 역할을 하게 된 셈이지만, 추화연이 MBS 회원이라는 추가적인 설정을 민철은 머릿속에서 결코 잊어선 안 될 것이다.

자칫 잘못하다가.

추화연이 민철의 정체가 레이폰 더 데스사이드라고 까발릴 수 있기 때문이다.

만약 그렇게 된다면, 도안과 목숨을 건 마법 전쟁을 치러야 할지도 모른다.

9클래스 마스터를 어떻게 이길 수 있겠는가.

'불안의 연속이군.'

신이 난 도안과는 다르게 민철은 그저 한숨을 내쉬며 골머리를 썩일 수밖에 없었다.

*   *   *

민철의 집에서 나온 체린은 자신의 차를 이끌고 어느 한 머메이드 체인점으로 향하게 된다.

청진그룹 본사 근처에 있는 지점으로 향하는 체린.

이미 머메이드 측에는 가벼운 순방을 하다가 본사로 출근하겠다는 통보를 한 뒤였다.

차량을 주차시킨 뒤 카페 안으로 들어선 체린은 지점 매니저와 함께 점검 및 카페 운영에 대한 절차 숙지 확인 등을 진행하기 시작한다.

그러던 와중의 일이었다.

"어서 오세요. 카페 머메이드입니다."

"아이스 아메리카노 2잔… 그리고 딸기 스무디 1잔, 바닐라 라떼 1잔, 또… 오곡 라떼 하나 주세요."

"오곡 라떼에 아몬드 올려 드릴까요?"

"네, 부탁드려요."

"알겠습니다."

슬며시 커피 주문을 하는 사람을 향해 무의식적으로 시선을 돌리는 체린.

그녀의 시야에 커피 주문을 마친 여성의 목에 걸린 사원증이 유독 눈에 들어온다.

'설마……'

체린의 시야에 들어온 이름 세 글자.

한예지.

'그 유명한 한경배 회장의 손녀딸이랑 같은 이름인데?'

혹시나 하는 마음으로 사원증을 자세히 바라본다.

총괄기획부라는 단어에 체린은 다시 한 번 자신이 알고 있는 한예지가 그 한예지임을 재차 확인할 수 있었다.

그리고 예전에 청진그룹 체육대회에 참관했을 때 아주 얼핏 봤었던 얼굴과 동일하다.

그때는 한예지라는 여자가 한경배 회장의 딸이라는 걸 몰랐지만, 지금은 사정이 다르다.

공식적으로 한예지가 한경배 회장의 혈육이라는 게 발표되었기 때문이다. 기업인들이라면 세간의 화두로 오르고 있는 인물 중 한 명이라 할 수 있을 것이다.

"한예지 씨 맞죠?"

"네, 그렇긴 한데요……"

아마 체린이 누구인지 정확하게 기억하지 못하는 모양인가 보다.

하기사. 체린과 빈번하게 만난 사이도 아니기도 하니 말이다.

게다가 체육대회에선 민철이 일부러 예지와 체린을 서로 소개시켜 주지 않았기도 했기에 예지의 이 반응은 얼핏 보면 당연한 것일지도 모른다.

"이체린이라고 해요. 민철 씨와 곧 결혼할 여자친구이기도 하죠."

결혼 이야기를 꺼낼 때.

체린의 얼굴에는 약간의 뿌듯함마저 어려 있었다.

*   *   *

주말에 안 좋은 일을 겪은 건 민철뿐만이 아니었다.

"흐음……."

사무실로 출근한 한경배 회장은 아침부터 상당히 불쾌한 표정을 지을 수밖에 없었다.

한경배 회장과 거의 동시에 회사로 출근하게 된 서진구가 의아함을 담은 얼굴로 질문을 던진다.

"무슨 일이십니까, 형님."

사적인 자리에서 형님, 동생 하는 사이인지라 서진구는 한경배 회장에게 형님이란 호칭을 사용한다.

다시 한 번 옅은 침음성을 흘린 한경배 회장이 지그시 서진구를 바라보며 말한다.

"강오선이라고… 알고 있나."

"오선이 말입니까. 아니지, 이제는 오선이라고 말도 못 놓겠군요. 그 녀석, 너무 크게 성장해 버렸으니까요. 하하하."

여당의 원내 대표를 하고 있는 사람에게 편한 호칭으로 대놓고 부르지도 못하게 되었다.

"젊은 시절 때에는 그래도 좀 봐줄 만한 녀석인데, 이제는 완전히 권력 깡패가 다 되었지요. 그런데 오선이는 무슨 일로 언급하시는 겁니까?"

"주말에 안 좋은 일이 있었네."

"오선이에 관해서입니까?"

"너도 들어서 알다시피, 내가 오선이 녀석이 보자고 해서 지방에 잠시 내려갔던 거, 알고 있겠지."

한경배 회장의 말에 서진구가 고개를 끄덕인다.

"그 녀석, 이제는 거물급이 다 되었군요. 형님을 직접 호출할 정도로 배짱을 부리다니… 그래서 오선이 녀석이 무슨 말을 한 겁니까?"

"나에게 한 가지 제안을 했네."

"제안… 말입니까?"

"그래, 제안. 그것도 아주 불쾌한 제안이지."

한경배 회장의 눈이 날카롭게 빛나기 시작한다.

그와 동시에 강오선이 제안한 내용을 언급한다.

"그 녀석의 아들과 예지를 결혼시키자고 하더군."

한경배 회장의 말에 순간 서진구가 차마 말문을 잇지 못한다.

"그런… 정말로 오선이 녀석이 그런 미친 발언을 했단 말씀이십니까?"

"불행하게도 사실이네."

"허허, 아무리 권력에 맛을 들였다 해도 그렇지, 오르지 못할 나무를 넘보는군요."

상식적으로 생각해도 한경배 회장이 누구보다도 아끼는 예지를 고작 강오선에게 넘겨줄 이유가 없다.

그리고 무엇보다도 강오선이 예지를 탐내는 이유가 너무 빤히 보인다.

"아마 녀석은 예지와 그놈의 아들의 혼사를 통해서 청진그룹이란 거대 자본을 손에 거머쥐려고 하는 것이겠지."

"이건 뭐… 조선시대도 아니고, 혼약을 통해서 왕족의 가문에 속해보려는 외세를 보는 듯하군요."

권력을 손에 거머쥔 강오선은 이제 자본적으로도 손을 뻗치려 하는 것이다.

물론 한경배 회장이 그걸 얌전히 지켜볼 이유가 없다.

"그래서 회장님께선 뭐라고 하셨습니까?"

"거절한다 그랬다."

"그렇군요."

물론 서진구도 예상한 답변이다.

하지만.

"오선이 녀석이 분명 무슨 생각이 있어서 형님께 그런 제안을 한 것일지도 모릅니다. 사실 그게 가장 불안합니다. 녀석은 예전부터 당한 게 있으면 곧장 복수하는 그런 성격이었으니까요."

"분명 우리를 공격할 만한 수단이 있을 게 틀림이 없다. 문제가 있다면……."

한경배 회장의 미간이 절로 찡그려지기 시작한다.

"그게 뭔지 모르겠다는 것이지."

"허허……."

옅은 한숨을 쉬는 한경배 회장이 말을 이어간다.

"나에게 1주일의 시간을 더 주겠다 하더군. 만약 그때도 똑같이 부정적인 대답을 준다면, 청진그룹의 기반이 크게 흔들릴지도 모른다는 협박을 들었지."

"기반이 흔들린다라……."

곰곰이 생각에 잠기기 시작하는 서진구.

그러나 아무리 생각해도 도통 감을 잡을 수가 없었다.

한경배 회장에게 딱히 협박을 할 만한 거리가 없다.

탈세 의혹이라든지 그런 건 애초에 걸림돌이 되지 않는다.

대한민국 상위 0.1% 중 가장 성실하게 세금을 납부하는 인물이 바로 한경배이기 때문이다.

"혹시 다른 간부진들의 탈세 의혹을 제기하려는 게 아닐까요."

"그럴 수도 있지. 하지만 그것만으론 뭔가 부족해."

청진그룹은 수많은 계열사로 이뤄져 있다.

한 분야씩 제각각 리더 격 존재가 있는 셈이다.

그런 존재들 중에서 분명 탈세 의혹에 휘말릴 만한 간부가 있을 것이다.

하지만 만약 탈세 의혹을 제기할 만한 간부가 있다면, 그 간부에게 직접 접촉을 해 협박을 하는 것이 더 효과적이다.

어차피 탈세 의혹을 제기받는 당사자 자체는 한경배 회장이 아니다.

한경배 회장이 직접 탈세 의혹에 휘말리지 않는 이상, 청진그룹 이미지가 조금 흔들릴 뿐이지 기반이 흔들릴 만한 위력을 지니고 있진 않다.

청진그룹의 기반.

그 단어를 곱씹어보던 한경배 회장이 나지막이 중얼거린다.

"나와 예지를 공격할 거란 뜻인가……."

"설마 그럴 리가 있겠습니까."

"아니, 불가능한 것도 아닐세. 분명 공격 수단을 갖췄기 때문에 나에게 직접 협박을 한 거야. 녀석은 머리가 나쁜 놈이 아니니까. 그리고 청진그룹을 상징하는 존재를 꼽자면 나와 예지, 두 사람이니까."

이미 모든 무대를 갖춰놓고 한경배 회장에게 최후 통보를 했을 가능성이 크다.

예지라는 존재를 세간에 발표하는 순간부터 한경배 회장은 분명 이런 일이 발생할 거라 예상했다.

예지를 빌미로 삼은 협박이 들어올 거란 사실을 말이다.

"조만간 간부급들 전부 소집하게. 이 건에 대해서는 간부들과 회의를 통해 해답을 내야겠어.그리고 혹시 모르니 부가적으로 탈세 의혹에 휘말릴 만한 여지가 있는지 없는지 확인해볼 필요성도 있고."

"예, 알겠습니다."

"회의 때 강오선이 우릴 공격할 거란 사실을 간부진들에게 공표할 걸세. 물론 예지를 노리고 있다는 것도."

"괜찮겠습니까, 형님?"

"예지는 이미 청진그룹 외부에서, 그리고 내부에서도 중요한 인물이 되어버렸어. 자본주의의 공주님이 되어버렸지. 분명 간부진들 중에서도 예지를 노리고 있는 녀석이 있을 거다. 그 녀석들에게 있어서 나와 예지를 향해 협박을 시도한 오선이는 공통적인 적이 되는 셈이지. 난 강오선을 통해서 그간 남우진과 나, 두 세력으로 갈린 이 청진그룹을 하나로 통합하고자하네. 거대한 위기가 외부에서 들이닥친다면, 내부적으로는힘을 합칠 수밖에 없으니 말일세. 위기는 곧 기회란 말도 있고."

"…그렇군요."

강오선의 협박조차 최대한 이득을 뽑아먹는 방향으로 이용한다.

한경배다운 자세였다.

"우진이 녀석도 머리가 잘 돌아가니 아마 강오선의 협박 건에 대해선 나와 힘을 합치는 것에 대해 크게 이견을 내세우지 않을 걸세. 청진그룹을 차지할 목표를 짜고 있는 그 녀석이라면, 기업의 이미지 타격을 좋게 받아들이지 않을 테니까 말이야."

한경배 회장이 의자에 몸을 기댄다.

"그럼 미안하지만 나머지 부가적인 일들은 자네에게 부탁하도록 하지."

"예, 알겠습니다."

정해진 이상 곧장 행동에 임한다.

이들에게 필요한 것은.

바로 시간이다.

*   *   *

"자, 그럼 건배!"

"……."

민철로서는 상당히 못마땅한 건배를 받아들여야 할 입장이 되어버렸다.

퇴근하자마자 본의 아니게 술자리에 불려 나온 것도 억울해 죽겠는데, 문제는 술값까지 자신이 내야 할 상황에 오게 된 것이다.

이유는 간단했다.

MBS 내부에서도 민철의 지위가 더 높다는 이상한 설정 때문에.

그렇다.

현재 민철은 화연을 비롯해 도안, 그리고 최수민까지 총 네 명의 MBS 정모(?)에 참가하게 되었다.

물론 이 모임을 주도한 건 민철이 아니다.

바로 눈앞에서 당당하게 건배를 외치고 있는 모든 사건의 주모자는, 추화연이었다.

"건배!"

그녀의 옆에 앉은 도안도 기분이 좋아진 모양인지 마주 잔을 든다.

아마도 같은 마법 사용자들이 4명이나 한 자리에 모였다는 사실이 그의 기분을 잔뜩 상승시켜 주고 있는 것이리라 예상된다.

"어이, 민철아. 이건 또 무슨 해괴망측한 모임이냐."

"글쎄요."

오랜만에 민철의 연락을 받고 온 수민으로서는 난감한 입장에 처할 수밖에 없었다.

MBS.

마(M)법(B)사(S)의 약자를 따 대충 지은 이 집단은 결코 실제로 존재하는 집단이 아니다.

대략적인 초안은 민철이, 그리고 구체적인 설정은 판무협 작가이기도 한 수민의 도움을 받아 만든 허상의 집단이다.

그런데 어떻게 4명이라는 인원이 모이게 된 것일까.

추화연이 민철의 이 MBS 설정에 엎어 탐으로 인해 거의 강제적으로 MBS 회원으로서 이 비밀 모임에 참여하게 되었다.

모처럼 서로 안면을 트게 되었으니 새로운 추가 인원인 도안을 환영하자는 의미로 술자리를 제안한 것도 바로 추화연이다.

"민철 씨, 이런 훌륭한 마법 능력을 가지고 있는 신입분이 계시면 진작 저한테 말씀해 주시지 그랬어요, 호호."

"그러게 말입니다. 하. 하. 하."

기계처럼 인공적인 웃음소리를 내뱉는 민철의 심기는 상당히 불편할 수밖에 없었다.

자신의 정체가 레이폰 더 데스사이드라는 걸 추화연은 알고 있다.

게다가 그녀가 도안과 MBS라는 공동체에 몸을 담음으로 인해 연을 맺게 되었다.

그 말인즉슨.

추화연은 민철의 유일한 약점을 손에 쥐게 된 인물이 되어 버린 셈이다.

'천하의 내가 약점을 잡히게 될 줄이야.'

도안이 만약 자신의 정체를 알게 된다면, 분명 민철에게 적대심을 표현할 것이다.

그렇게 된다면 마법이 발전하지 않은 이 세계에서 본의 아니게 민철과 도안, 두 사람의 마법 대전이 발생하게 될지도 모른다.

어떻게 해서든 추화연을 자신의 편으로 만들어야 한다.

하지만 과연 추화연이 쉽게 민철의 편이 되어줄까?

분명 민철에게 어떠한 노림수가 있어서 일부러 MBS 회원으로서 연을 맺게 된 것이 틀림없다.

'우선 녀석의 목표를 알아내고, 차후에 협상을 하는 수밖에 없군.'

민철로서 그릴 수 있는 최악의 시나리오는 바로 도안과의 직접적인 충돌이다.

어떻게든 그 사태만큼은 피해야 한다.

만약 도안이란 적을 만들어 버리게 되면, 회사 생활이고 나발이고 전부 다 끝장이다.

민철의 머리가 복잡하게 흘러갈 무렵, 진짜 마법사들 사이에 끼게 된 평범한 일반인인 최수민은 도안과 추화연, 두 사람을 이상하다는 듯이 바라볼 수밖에 없었다.

'청진그룹에 다니는 사람들은… 다 평범하지가 않구나.'

자신은 판무협 작가라 치더라도, 두 사람은 마치 진짜 마법이 존재한다는 듯이 서로 열띤 토론을 펼치고 있다.

게다가 전부 다 수민이 듣도 보도 못한 참신한 마법 설정들이었다.

물론 레디너스 대륙에서 실제로 정립된 마법 이론이란 사실을 수민은 아마 알지 못할 것이다.

그렇게 한동안 친목을 다지는 술자리가 끝난 뒤.

"그럼 먼저 가보겠습니다!"

"조심해서 들어가세요."

도안이 가장 먼저 자리를 뜨게 되고, 뒤이어 수민이 민철에게 다가와 자신의 귀가 여부를 알려준다.

"나도 곧 있으면 전철 끊길지 모르니까 이만 가보마."

"네, 형. 괜히 번거롭게 해서 죄송해요."

"아니다. 그나저나 저 사람들, 나보다도 더 굉장한 설정 능력을 지니고 있던데? 누가 들으면 진짜 마법이 존재하는 줄 알겠다니까, 하하!"

"…하하하……."

힘없이 마주 웃어주는 민철.

'진짜로 존재합니다, 마법이라는 건' 이라는 말이 목구멍 바로 근처까지 튀어나왔지만, 필사적으로 삼키는 데에 성공한다.

그렇게 도안과 수민이 먼저 자리를 떴을 무렵.

"또 말도 안 되는 일을 저질렀군."

민철의 눈빛에 이채가 어린다.

노동조합 사건 때에도 그렇고, 이번에도 화연으로 인해 계획이 틀어질 우려가 생겨 버린 것이다.

민철로서는 추화연이 아니꼽게 보이지 않을 수가 없었다.

"걱정하지 마세요, 민철 씨. 당신의 정체를 굳이 밝힐 생각은 없으니까요. 물론 아직까진 말이죠."

"……."

상당히 애매모호한 발언이다.

나중에 필요하면 민철의 정체를 밝힐 수도 있음을 시사하는 바가 아닐까.

"네 목적이 뭐지?"

계속해서 자신과 엮이려 시도하는 추화연.

분명 그러한 행동에는 목적이 있을 터이다.

고차원적 존재가 그저 단순히 재미만으로 민철의 행보에 한 발을 들여놓을 리가 없다.

이들도 민철이 신과의 만남을 주선하느냐, 그러지 못하느냐에 따라 모든 신경을 집중하고 있다.

장난으로 고차원적 존재들의 계획을 틀어지게 만들진 않을 터.

설령 그게 민철을 옹호하는 세력이든, 옹호하지 않는 세력이든 간에 너무 심도 있는 관여는 분명 고차원적 존재들에게도 페널티가 될 것이다.

"별거 없어요."

추화연의 입가에 미소가 어린다.

"그저 당신의 처세술이 배우고 싶을 뿐이에요."

"고차원적 존재가 하등 생물이라 생각하는 인간의 처세술을 배우겠다니. 이해가 안 가는군."

"저는 이래 봬도 꽤나 개방적인 존재거든요. 하등 생물에게도 배울 수 있는 요소가 있다면 배워두는 편이 좋죠."

"그렇다면 오히려 이야기가 빠르겠군. 네가 품고 있는 진짜 목적을 말해준다면, 나도 너를 걸림돌이라 생각하진 않겠다. 내가 굳이 너를 배제하려고 하지 않는다면, 너도 나에게 더 많은 배움의 기회를 얻게 되겠지."

"목적이라… 뭐, 상관없겠죠."

민철을 향해 추화연이 진정으로 노리고 있는 자신의 목표를 입에 담는다.

"저는 차기 신 후보 내정자가 되고 싶거든요."

그녀가 들려준 목적이란.

민철이 예상했던 것보다도 훨씬 더 큰 스케일을 담은 내용이었다.

*　　　*　　　*

"신 후보… 라고?"

"네. 혹시 신이란 단어를 모르시는 건 아니죠?"

"모를 리가… 그저 네가 너무 허무맹랑한 이야기를 해서 놀 랐을 따름이다."

"어머나, 아직 저희 시스템을 모르시나 보군요."

화연의 입가에 미소가 새겨지기 시작한다.

마치 설명하고 싶어 입이 근질거린다는 듯한 그런 모션으로 밖에 보이지 않는다.

"신이라는 건 결국 여러 분야로 나뉘거든요. 차원별로, 세계 별로, 그리고 지역별로."

"어떤 식으로 나뉘는 거지?"

"제가 당신에게 많은 정보를 흘릴 거라 생각하나요?"

"…아니."

바보가 아닌 이상, 민철의 자연스러운 질문 흐름에 넘어가 곧이곧대로 이렇다 저렇다 할 고급 정보를 흘리진 않을 것이 다.

더욱이 상대가 평범한 인간이 아닌 고차원적 존재라 한다면 말이다.

"뭐, 여하튼 정말 수많은 분야가 나뉘어 있고, 해당 분야를 담당하는 신이란 존재도 여러 명이 있어요."

"내가 만나게 될 신이란 존재도 그중 하나인가?"

"네. 레디너스 대륙과 지금 이 현실 세계, 두 차원을 동시에 관장하고 있는 신과 만나게 될 거예요."

"흠……."

신이라는 건 결국 한 명이 아니다.

그리고 고차원적 존재들은 신을 노리고 있다.

지금까지 화연과의 대화를 통해 얻은 정보들을 종합하던 민철이 대뜸 질문한다.

"그런데 어째서 그 신이란 존재는 두 차원을 관장하고 있는 거지?"

"공교롭게도 기존의 레디너스 대륙을 담당하고 있던 신께서 보직을 내려놓으셨기 때문이죠."

"이유는?"

"비밀이에요."

"…그렇군."

추방당한 쪽은 레디너스 대륙을 관장하는 신이다.

그와 동시에 민철의 머리가 빠르게 돌아간다.

추화연은 신의 자리를 노리고 있다.

그렇다면 분명 레디너스 대륙을 관장하는 신의 자리를 탐내고 있을 터이다.

"고차원적 존재들 간에도 신이 되기 위해 경쟁을 펼쳐야 하거든요. 회사라는 집단과 마찬가지예요. 승진을 위해서 수많은 사원들이 경쟁해야 하는 것처럼 말이죠. 위로 올라갈수록 할당된 자리는 소수인데, 그 소수를 노리는 사람들은 다수죠. 결국은 여기서 발생하는 게 바로 '경쟁' 이에요."

"그건 맞는 말이군."

"그래서 전 당신에게 화술과 처세술을 배우고 싶답니다. 모처럼 인간으로 둔갑해 옆에 있을 기회를 얻었으니까요."

"……"

화술은 노력으로 극복하기 힘든 재능이다.

하지만 민철이라는 훌륭한 교보재를 곁에 둔다면?

시간이 걸릴지언정, 적어도 다른 고차원적 존재들보다는 그래도 나은 화술과 처세술을 보유할 수 있을 것이다.

민철의 화술과 처세술은 이미 레디너스와 현 인간 세계를 관장하는 신이 인정할 정도다.

그렇다면 고차원적 존재에게도 도움이 될 만한 점이 있을 터.

분명 고차원적 존재들 간의 경쟁에서도 보다 더 우위를 점할 수 있는 환경이 조성될 것이 틀림없다.

"내가 널 도와주면 되는 건가?"

"특별히 도움의 손길을 요구하진 않아요. 그저 곁에서 당신을 지켜볼 권리만 보장해 줄 것. 그리고 절 일부러 배제하지 않을 것. 이것만 지켜주시면 되요. 그렇게만 해주신다면 별도로 포상도 드릴 수 있어요."

"포상이라고?"

"이런 거 말이죠."

대뜸 추화연이 민철의 오른손을 잡은 채……

자신의 왼쪽 가슴 위에 올려놓는다!

말캉한 감촉.

한 손에 다 들어오지 않을 만큼의 부드러운 감각이 순간 민철을 자극한다.

"모처럼 '여자의 몸'으로 둔갑했으니 성적인 의미로 좋은 것도 해드릴 수 있어요. 아, 물론 애인분께는 이야기해 드리지 않을게요."

"상당히 못 미더운 말이군."

"그런가요?"

"난 내가 스스로 불안 요소를 만들 만큼 어리석지 않아. 그리고 딱히 여자의 몸에 굶주려 있는 것도 아니고."

민철이 추화연의 가슴에서 손을 떼며 냉정하게 말한다.

상대는 보통내기가 아니다.

이런 농담 섞인 언행 하나하나에 민철을 시험하려는 의도가 다분히 들어 있다.

"아무튼 나도 네 요구 조건에는 따르지. 하지만 널 도와주는 대신 너도 나에게 대가를 줬으면 좋겠군."

"뭐죠?"

추화연이 커다란 눈동자를 깜빡이며 묻는다.

그러자 민철의 입꼬리가 슬쩍 올라간다.

"별거 아니야."

해답을 찾았다!

청진그룹이라는 회사에서 정점에 오르는 건 사실 별다른 문제가 되지 않는다.

하나.

민철이 아직 오르지 못한 산이 남아 있다.

"너희 고차원적 존재들, 그리고 신에 관한 정보를 나에게 조금씩 흘려주면 된다."

바로 인간 이상의 존재들이다.

하지만 화연은 안타깝다는 듯이 고개를 절레절레 저어 보이며 부정적인 발언을 내뱉는다.

"아까도 말씀드렸지만, 인간에게 더 이상의 정보를 흘리는 건……"

"고차원적 존재들의 눈을 피해 인간으로 둔갑한 의도 자체가 나와 거래하기 위해서 아닌가?"

"……"

"네 말대로 고차원적 존재들은 인간을 하등 생물 취급하고 있다. 그래서 그들은 너처럼 인간으로 둔갑해 가며 인간계에 내려오고 싶어 하지 않지. 오만하니까. 하지만 넌 다르다. 고차원적 존재라는 콧대까지 숙여가며 두 번이나 인간으로 둔갑했지. 아, 물론 이건 네가 저번에 그 안내원 아가씨로 둔갑한 존재와 동일한 존재임을 가정하고 하는 가설이다."

"그 가설은 맞아요. 동일 인물이니까요."

"그렇다면 더더욱 이야기가 빠르겠군. 잘나신 콧대를 굽히면서까지 인간으로 둔갑해 나와 접촉했다는 건, 그만큼 내 처세술과 화술 비법을 필요로 한다는 뜻이겠지."

"요구 조건에 승낙하지 않는다면요?"

"네게 도움을 주는 걸 거부하겠다."

"도안이라는 사람에게 민철 씨, 당신이 레이폰 더 데스사이드라는 정체를 밝히겠다고 협박한다면요?"

"그것도 나름 괜찮겠지. 상관없다. 어차피 한 번 살았던 인생, 9클래스 마법사와 일대일로 싸우다가 장렬하게 전사하는 것도 나쁘지 않지."

"……."

"그리고 마법이라는 존재가 이 세계에 알려지게 된다면, 과연 네 상관인 신이 좋아할까? 서로 각기 다른 차원의 문화가 섞여 들어간다면, 두 차원을 관장하는 그 신의 입장에선 결코 좋아할 만한 일은 아니겠지."

순간 추화연의 미간이 살짝 찡그려진다.

지금 이 자리는 민철이 레디너스 대륙에서 지겹도록 일삼던 협상 테이블 그 자체다.

상대방은 분명한 목적을 지니고 있다.

민철 또한 화연으로부터 요구 사항이 있다.

두 사람이 서로 힘을 합친다면 좋겠지만, 민철은 화연에게 리스크가 상당히 큰 요구 조건을 걸어왔다.

민철로서는 사실 화술과 처세술을 전수해 주는 건 어렵지 않다.

하지만 화연의 입장에선 인간에게 상위계 이야기를 함부로 흘릴 순 없다.

이 협상은 성사되지 않을 것이다.

하지만.

성사될 수 있는 방법이 존재한다.

"반칙을 하면 된다."

"반칙……?"

"그래. 너희들 사이에서도 인간에게 함부로 신과 고차원적 존재들 간의 정보를 흘리는 건 공식적으로나 혹은 암묵적으로 금기시되는 일이겠지. 하지만 규율과 규칙이 있다 하더라도 그걸 어기고 어기지 않고를 결정하는 건 바로 네 자신이지, 규율과 규칙이 네가 반칙을 일삼는 것까지 통제하진 못한다."

"……"

"알고 있나? 반칙이라는 건 심판에게 들키지 않으면 정당한 플레이가 된다. 모든 일에서나 마찬가지지. 불법적인 행위도 제3자에게 걸리지만 않는다면 합법이 된다. 결국 누군가에게 걸리지 않으면 될 일이야."

민철은 이미 이 협상 테이블의 결론을 알고 있다.

서로 간의 도움이 필요한 상황에서.

승패를 결정짓는 건 어느 쪽이 더 절박하고 절실하게 도움이 필요로 하는가에 달려 있다.

애초에 입장 차이가 존재한다.

민철은 그저 자신의 스킬을 전수해 준다.

그리고 화연은 민철에게 배운 기술을 통해 신의 자리를 노리고 있다.

스케일 자체가 비교가 안 된다.

민철은 그걸 간파하고 화연에게 커다란 딜(Deal)을 시전한 것이다.

"그리고 넌 이미 반칙을 해버렸지 않나."

"무슨 말씀이시죠?"

"다른 고차원적 존재들 몰래 인간으로 둔갑해 나와 접촉했다는 게 반칙이라고 생각하는데."

"……"

거의 다 넘어왔다.

이제 결정적인 한 마디를 날려주면 된다.

"무언가를 시도할 때 언제나 처음이 힘들고, 그다음부터는 별로 크게 어려움을 느끼지 않는다 하더군. 이미 네 입장에선 첫 반칙을 성공시키지 않았나?"

"과연… 이런 식이군요."

한숨을 내쉰 화연이 어쩔 수 없다는 듯이 어깨를 으쓱인다.

"좋아요, 당신의 승리예요. 그 감언이설에 넘어가 드리도록 하죠."

"감언이설이 아니야. 서로 도움이 되는 일종의 '협력 체계'라 할 수 있지."

"네네, 알았어요. 어련하시겠습니까."

별다른 감정을 담지 않으며 민철의 말에 수긍해 준다.

이윽고 화연의 표정이 약간의 진지함을 머금으며 민철을 응시한다.

"대신 결코 다른 고차원적 존재에게 이 사실이 들어가면 안 됩니다. 물론 제가 추화연이라는 인간으로 둔갑했다는 사실도요."

"숙지해 두도록 하지."

"고마워요."

어깨에 핸드백 끈을 맨 화연이 자리를 뜨려고 하던 순간이었다.

"한 가지 더 물어봐도 되나."

"대답해 드릴 수 있는 건 다 했다 생각하는데요."

"뭐 어때. 서비스 정도는 괜찮지 않나. 중국 요리를 주문하면 군만두를 서비스로 주는 것처럼."

"상당히 저렴한 비유군요. 말씀해 보세요."

"예전부터 궁금했던 사실이다만."

안내원 여성이 추화연과 동일인임을 알아차렸다.

이제 한 가지 사실만 더 알아낸다면.

모든 것이 분명해진다.

"지금까지 내가 만났던 고차원적 존재도 너와 동일한가?"

민철이 처음 이 세계로 왔을 때.

그리고 청진그룹 입사를 결정지었을 때에도 그는 시간이 멈춘 흑백의 세계에서 고차원적 존재와 마주쳤다.

질문을 들은 추화연이 빙그레 웃어 보인다.

"그렇다고 해두죠."

"…알았다."

그 말을 끝으로 화연이 모습을 감춘다.

이것으로 모든 관계가 확실해졌다.

지금까지 민철과 암암리에 접촉한 고차원적 존재는 바로 추화연, 단 하나다.

그리고 민철을 견제하기 위해 레이너 슈발츠를 이 세계로 소환한 건 추화연이 아닌 다른 고차원적 존재의 소행이다.

이 관계를 확실하게 알아내고 싶었던 것이다.

"고차원적 존재라……."

그들도 그들 나름대로의 정치 싸움이 존재한다.

"역시 불완전한 존재는 어딜 가나 자신의 밥그릇이 가장 소중한 모양인가 보군."

그렇기에 더더욱 재미있는 게 아닐까.

* * *

평소와 다를 바 없는 출근길에 오른 민철은 사무실로 향하는 엘리베이터에 오른 순간 익숙한 인물과 마주하게 되었다.

"오, 이민철!"

"이야, 이게 누구야!"

"안녕하세요, 구 부장님, 유 실장님."

오랜 시간 동안 민철이 신세를 졌던 홍보팀의 구인성 부장과 유문주 실장이 나란히 엘리베이터에 자리를 잡고 있었던 것이다.

"뭘 그리 골똘하게 생각하고 있냐?"

오랜만에 민철과 이렇게 직접 만나게 된 것이 반가운 모양인지 유 실장이 툭툭 민철의 옆구리를 찌르며 묻는다.

"하하, 티가 많이 납니까."

"그러게. 평소의 너답지 않게."

"그럴 일이 좀 있었습니다."

"그럴 일이라… 과연 뭘까?"

유 실장이 장난스럽게 유추를 시작해 본다.

그와 동시에 구 부장이 쓴웃음을 지으며 말한다.

"그만해라, 민철도 들은 게 있으니까 그렇겠지."

"들은 거요?"

민철이 의아함을 품으며 묻자, 구 부장이 의외라는 반응을 보인다.

"너, 모르고 있냐? 오늘 오후에 한경배 회장님을 포함해 청진그룹 간부들이 긴급회의 한다고 그러던데."

"무슨 일로 긴급회의를 하는 겁니까?"

"그거야 나도 모르지. 아직 사원급들에게는 정식으로 공문이 내려온 것도 없고… 뭐, 일단 회의 끝에 알려줄지도 모르지만, 그래도 너라면 회의 내용이 뭔지 알 거라 생각했는데."

"죄송합니다, 저도 들은 바가 없어서……."

"그렇구만. 혹시라도 이야기해 줄 만한 내용이라면 나한테도 살짝 언질 좀 해줘라. 알겠지?"

"하하, 노력해 보겠습니다. 그럼 먼저 실례하겠습니다."

"그래, 오늘 하루도 힘내라."

엘리베이터에서 나오자마자 민철의 머릿속에는 긴급회의가 뭘까 하는 질문만이 계속 맴돌기 시작한다.

*　　　*　　　*

사내 간부들끼리 모인 긴급회의가 있은 날로부터 정확히 하루가 지나자마자 남성진은 자신의 아버지인 남우진의 사무실을 방문하게 되었다.

똑똑.

가벼운 노크에 이어 남우진의 목소리가 들려온다.

"들어와라."

"예."

문을 열고 사무실로 들어오는 남성진.

한쪽 벽면이 투명한 유리창 재질로 구성되어 있으며, 넓은 사무실 안은 오로지 남우진을 위한 개인 공간으로 활용되고 있었다.

청진그룹 중 가장 많은 점유율을 차지하고 있는 청진전자의 부사장, 남우진.

한경배 회장과 더불어 청진그룹 내부에선 가히 투톱이라 불릴 만큼 막강한 세력을 지니고 있다.

"앉아라."

"네."

짧은 명령형 문장만 내뱉는 남우진의 말투에도 남성진은 그것이 당연하다는 듯 소파에 앉는다.

의자에서 일어서 남성진의 맞은편에 자리를 잡은 남우진이 심기가 불편하다는 표정을 노골적으로 드러내며 말을 이어간다.

"어제 있던 간부 회의에 대해 알고 있는 것이 있더냐?"

"잘 모르겠습니다. 철저하게 정보가 통제된 거 같습니다만."

"하긴, 그렇겠지."

어제 회의 내용을 아는 사람은 아마도 회의에 참가한 간부진들밖에 없을 것이다.

아마 사원들 중에서는 회의 내용을 아는 사람이 손에 꼽을 정도로 없지 않을까 싶다.

"내가 널 부른 이유에 대해 잘 알고 있겠지?"

"회의 내용을 알려주실 거라 생각합니다."

"정확하군. 어차피 현 단계에서 알아봤자 별로 도움이 안 될 내용이긴 하지만, 가급적이면 외부로 이야기를 함부로 발설해서는 안 된다."

"예, 알고 있습니다."

애초에 남성진이라는 남자 자체가 입이 무거운 청년이기도 하다.

함부로 가벼이 정보를 외부로 흘리지 않는 그의 스타일이라면 남우진도 정보를 유출하는 데에 큰 걱정을 할 이유가 없지 않을까.

"강오선이라고 알고 있느냐."

"신오름당 원내 대표를 맡고 있는 국회의원 아닙니까."

"맞아. 겉으로 보기에는 그렇게 알려져 있지만… 사실 강오선이란 사람은 우리 청진그룹과도 밀접한 관련이 있다."

"그렇습니까?"

남성진으로서도 그 이야기는 처음 듣는다.

청진그룹의 역사라고 해봤자 한경배를 필두로 남우진, 기타 현재 각기 다른 계열사의 부사장, 그리고 서진구와 같은 공동창업자들이 힘을 합쳐 청진그룹이라는 대기업을 만들었다는 것 정도밖에 모르는 수준이다.

굳이 알 필요도 없고, 알아봤자 자신의 승진에 커다란 도움이 되지 않는다는 걸 잘 알기에 일부러 조사하려는 생각을 하지 않았을 뿐이다.

"젊은 나이에 사법고시를 합격하고 변호사 사무소를 개업하면서 청진그룹의 법적 자문위원이 되어주며 초창기 때 많은 도움을 줬었지. 아주 유능한 사람이었어. 노동법이면 노동법, 그리고 특허권이라든지 상표권, 기타 여러 방면에서 다양한 지식을 갖추고 전문적인 소견을 들려주면서 청진그룹의 성장에 커다란 일조를 한 사람이었지. 청진그룹은 예전에 아주 소규모 기업이라서 지금처럼 따로 법무팀을 두지 않았기에 강오선의 도움이 상당히 컸다."

"그렇군요."

강오선과 청진그룹의 관계.

하지만 남성진이 듣고자 하는 건 옛 추억의 회상 따위가 아니다.

"강오선과 어제의 긴급회의가 어떤 연관이 있는 겁니까?"

"직설적으로 이야기해 주마. 강오선이 한경배 회장에게 딜(Deal)을 걸어왔다."

"그게 무슨 뜻입니까?"

"한예지를 강오선의 아들과 결혼시키자 하더군."

"⋯⋯!!"

얼핏 보면 아무것도 아닐 수 있겠지만, 두 사람의 혼사를 추진한다는 것 자체가 강오선이 노골적으로 청진그룹을 독차지하겠다는 일념이 드러나는 계획이라 할 수 있을 것이다.

청진그룹의 직계혈족 상황을 본다면 한경배 회장의 자식 내외는 불의의 사고로 인해 세상을 떠나 버렸다.

그나마 남은 혈육이라고 한다면 손녀인 한예지가 있는데, 행여나 한경배 회장이 훗날 회장직에서 내려오게 된다면 예지에게 모든 것을 물려줄 확률이 크다.

한국이라는 나라 자체가 애초에 상속을 통해서 부유함을 다음 세대에 넘겨주는 형태가 정형화되어 있기 때문이다.

물론 아직까지 한경배 회장이 자신의 모든 것을 예지에게 물려준다는 공식적인 선언 자체를 하진 않았지만, 대개의 사람들은 그렇게 예상을 하고 있었다.

그렇다면 결국 예지를 잡는 쪽이 청진그룹을 잡게 될 가능성이 커진다.

강오선은 그것을 노리고 마침 자신의 아들의 혼기가 다가온다는 것과, 한경배 회장의 손녀딸인 한예지의 존재가 공식적으로 외부에 발표되었다는 것을 인식해 한경배 회장에게 협박성 딜을 걸어온 것이었다.

"참으로 여우 같은 사람이란 말이지."

제아무리 남우진이라 하더라도 그런 생각은 차마 하지 못했다.

만약 혼사라는 것을 생각했다면, 남성진과 한예지가 이어지게끔 만들었을 것이다.

하지만 남우진은 그렇게까지 하면서 청진그룹을 손안에 넣고 싶지 않았다.

굳이 그런 치졸한 수단을 쓰지 않아도 자신의 손으로 세력을 불려 나가며 한경배 회장을 밀어내고 청진그룹을 자신의 것으로 만들 수 있기 때문이었다.

그리고 아들인 남성진의 인생에 커다란 누를 끼치면서까지 빚을 만들고 싶지 않기도 했다.

타인의 힘을 빌려 무언가를 이뤄낸다기보다는 가급적이면 자신의 능력으로 뭔가를 쟁취하고자 한다.

이건 남성진이나 남우진이나 같은 성격을 취하고 있었다.

아마도 남성진의 완벽주의에 가까운 깐깐한 성품은 이런 남우진의 피를 진하게 이어받은 게 아닐까 싶다.

"강오선의 협박이 만약 통한다면 우리에게는 커다란 악재가 되겠지. 기껏 한경배 회장을 밀어낼 수 있을 거라 생각했는데, 어디서 굴러먹다 온 또 다른 녀석이 대뜸 청진그룹의 중앙 자리를 차지해 버리면 난감하니까."

"회의 결과는 어땠습니까?"

"그 제안은 거절하기로 했다."

한경배 회장은 누구보다도 한예지를 아끼는 사람이다.

손녀딸의 인생을 망칠지도 모르는 짓을 과연 한경배가 저지를까?

천만에.

만약 청진그룹이 무너지는 것을 두려워해 혼사 건을 받아들인다면, 그건 결코 한경배답지 않은 결정일 것이다.

"그 사람은 한예지, 청진그룹 둘 중 하나를 택하라 한다면 한예지를 선택할 사람이다. 기업보다 사람을 우선시하는 그 마인드를 고려한다면, 불가능한 일도 아니야."

게다가 그 사람이 유일한 직계혈족인 손녀딸이라 한다면 더 더욱 예지를 우선시할 가능성이 농후하다 해도 과언이 아니다.

"다른 간부들 역시 한경배 회장의 이야기에 찬성했다. 강오선이라는 외세가 들어오는 것 자체도 싫어하더군."

"하지만 이다음이 문제겠군요."

남성진이 풀어진 넥타이를 가볍게 조이며 말을 이어간다.

"과연 그 사람이 청진그룹 쪽에서 혼사 제안을 순순히 받아들일 거라 생각했을까요?"

"아니, 그건 결코 아닐 거다. 머리가 좋은 사람인데 오히려 받아들이지 않을 거라 생각하겠지. 되든 안 되든 그냥 찔러본 제안이라 하기에는 너무 리스크가 크다. 한경배 회장의 심기를 불편하게 만들면 장차 어떤 일이 발생할지 그 사람도 충분히 잘 알고 있을 테니까."

"그렇다면 거의 확실하군요."

남성진의 눈에 자신의 생각을 확신하는 의지가 새겨진다.

"분명 강오선은 청진그룹에게 강력한 라이트훅을 날릴 만한 무언가를 알아낸 것입니다. 만약 거절한다면, 그것을 사용하겠죠."

"모든 간부들이 너의 생각과 같다. 그래서 회의의 내용은 혼사 제안을 받아들이느냐 아니냐의 문제가 아니라 강오선이 청진그룹의 뒤를 켕기게 할 만한 무언가를 발견했다는 가정하에 그 무언가가 무엇일지에 대해 회의하는 게 중점이었다."

"탈세는 어떻습니까?"

"분명 몇 명은 있긴 했지만, 그렇다고 입에 오르락내리락할 만한 액수까진 아니었다. 애초에 한경배 회장은 부하 되는 사람들한테 그런 면에서 누차 강조를 해왔으니까."

물론 남우진 또한 자신의 뒤를 잡힐 만한 짓을 저지르는 사람이 아니다.

어차피 돈도 잘 버는데, 고작 세금 몇 푼 아낀다고 장차 미래의 이미지를 망칠 수 있다는 불안 요소를 괜히 만들어놓을 필요는 없기 때문이다.

완벽주의자인 남성진의 아버지다운 행동이라 할 수 있었다.

"짐작될 만한 게 나왔습니까?"

"아니, 전혀."

단언하는 남우진의 말이었다.

하기사, 아무리 생각해도 한경배 회장이 뒤가 구릴 만한 짓을 한 적은 없을 것이다.

애초에 그런 사람이었다면 분명 지금까지 기업을 운영하면서 시끌벅적한 소리 한두 번 정도는 나왔을 게 틀림이 없다.

물론 얼마 전 근로자 대우에 소홀한 면을 보인다는 기사가 나오긴 했지만, 그건 한경배 회장의 실수라기보다는 한상술의 이중적인 면모가 만들어낸 결과라 할 수 있을 것이다.

지금은 해당 근로자들에 대한 차후 보상을 철저하게 해주고 있다는 말을 남성진도 들은 적이 있다.

"아무튼 며칠 뒤에는 강오선이 무엇으로 청진그룹을 공격할지 드러날 거다. 그때까지 숨죽이고 지켜봐야겠지."

"…그렇군요."

상대의 무기가 무엇이지 모를 때에는 몸을 사리는 편이 좋다.

괜히 허세 넘치게 전장으로 나서서 강력한 개인화기라도 들고 있다간, 아무런 저항도 못 한 채 저격을 당할 수 있기 때문이다.

*　　　*　　　*

남성진이 남우진으로부터 회의에 대한 내용을 접하고 있을 무렵, 민철과 황고수 부장은 서진구의 호출을 받게 된다.

서진구는 회의 때 나왔던 이야기, 그리고 사건의 전말 등을 두 사람에게 전해주었다.

"…대충 이렇게 말이 나왔다네."

"그렇군요."

모든 이야기를 접하게 된 두 사람이 나지막이 고개를 끄덕인다.

최근 한경배 회장의 복귀와 동시에 청진건설을 맡게 된 서진구 또한 간부로서 회의에 참가해 모든 정보를 접하게 되었다.

그래도 회장의 측근인데, 직책 하나 정도는 있어야 하지 않겠냐는 한경배 회장의 말 때문이었다.

가급적이면 자유분방한 신분을 유지하려 했던 서진구였으나 최근 다시 건강 상태가 악화되고 있는 한경배 회장이 걱정되어 스스로가 회장 세력의 주축으로 군림하게 되었다.

그러나 그러기를 얼마 지나지 않아 강오선 사건이 터지게 된 것이다.

"노림수가 있는가 보군요."

민철의 말에 서진구가 고개를 끄덕인다.

"분명 그러하겠지. 아무튼 강오선이 뭔가를 발표하는 순간, 바로 대책위원회가 설립될 걸세. 난 그때 자네 두 사람을 추천하려 생각 중이야. 총괄기획부가 이럴 때 활약을 해줘야 하지 않겠나."

"예, 알겠습니다."

고개를 끄덕이는 두 사람.

그중 서진구가 대뜸 민철에게 이렇게 말한다.

"그리고 민철이 자네에게 축하할 소식이 있다네."

"저 말씀이십니까?"

"조만간 자네를 팀장직에 올릴까 생각 중이야. 아마 곧 발표가 나올 걸세."

"갑자기 어째서 승진이……."

"대책위원회에 들어가려면, 그래도 적어도 팀장 직위 정도는 가지고 있어야 체면이 좀 살지 않겠나. 이 자리에 조 실장을 부른 게 아니라 자네를 부른 이유가 그거라네."

"그렇군요. 감사합니다."

"아무쪼록 내가 힘을 써준 만큼 많은 활약을 해주게."

강오선의 공격에 대비하기 위해 청진그룹 내부에서도 활발히 움직임이 진행되고 있었다.

하지만.

이들이 생각했던 것 이상으로 강오선의 공격은 상당히 날카로웠다.

*   *   *

일주일 뒤.

"이게 무슨……!"

오늘 자 신문을 확인하자마자 탄식을 자아내는 홍보팀의 구 부장.

"무슨 일이십니까, 구 부장님?"

도안이 의아함을 품으며 구 부장이 보고 있던 신문을 슬쩍 보는 순간.

구 부장과 같은 반응을 보일 수밖에 없었다.

"이건……?!"

확연하게 눈에 들어오는 기사의 제목.

—청진그룹의 한예지. 과연 정말 한경배의 손녀딸이 맞는가?

바로 두 사람의 혈연관계에 대해 의혹을 제기하는 기사였다.

제6장

복수혈전

각종 언론뿐만이 아니라 인터넷 포털 사이트 검색 순위, 기타 사람들이 볼 수 있는 뉴스 소식이란 뉴스 소식은 전부 다 청진그룹에 관련된 어느 한 의혹에 대한 기사가 메인으로 실려 있었다.

　　한경배 회장과 한예지가 혈육 관계가 아닐 수도 있다는 의혹이 제기된 것이다.

　　"이 무슨 말도 안 되는 소리라냐?!"

　　어이가 없다는 듯이 탄식을 자아내는 구 부장.

　　물론 그만의 독단적인 반응이 아니다.

　　홍보팀뿐만이 아니라 청진그룹 사내 모든 부서, 그리고 모든 인원들이 당혹감을 감출 수가 없었다.

한예지는 한경배 회장의 뒤를 이어 차후에 청진그룹이라는 거대 자본을 물려받을지도 모르는 인물이기도 하다.

그런데 한예지와 한경배 회장의 혈육 관계 자체를 부정한단 소리는 한예지의 상속에 분명 걸림돌이 될 법한 요소라 할 수 있다.

"이 말이 사실입니까?"

도안도 믿을 수가 없다는 표정으로 구 부장에게 재차 묻는다.

물론 도안이 예지와 큰 관계가 있는 건 아니지만, 회장의 손녀딸이라는 여성이 정작 손녀딸이 아닐 수도 있다는 건 그만큼 충격적인 일이기도 하다.

"그거야 뭐⋯⋯."

순간 할 말을 잃은 구 부장이 나지막이 탄식을 자아내며 말한다.

"⋯나도 모르지."

"그, 그치만⋯⋯."

"나도 한경배 회장님이 거짓으로 한예지 양이 손녀딸이라는 사실을 공표했을 거라곤 생각하지 않는다. 하지만 그렇다고 회장님의 손녀딸이 한예지 양이 맞는지에 대한 증거도 없어. 이런 상황에서 의혹이 제기된다는 건⋯ 어찌 보면 당연한 수순일지도 모르지."

"아니, 혈육 관계를 부정한다는 게 사람이 할 도리입니까?!

말도 안 됩니다!"

역시 정의감이 넘치는 청년, 도안다운 의견이었다.

"실제로 그 관계를 부정당한 당사자들의 심정도 생각하지 않는 채 멋대로 이런 기사를 싣다니… 언론들은 생각이 있는 겁니까?!"

"니 심정도 이해는 하지만, 원래 우리나라 언론이라는 게 다 그렇지 않냐. 특종거리로 보이는 건 무조건 물어다가 특보로 대놓고 보도한 뒤에, 훗날 그게 아니라고 판명되면 사과문 하나 올리고 땡인 거."

"하아… 거 참……."

이해가 안 된다는 표정을 지은 도안이 고개를 좌우로 저어 보인다.

그의 입장에선 결코 이해가 안 될 것이다.

하지만 물고 뜯기는 이 냉혹한 사회에서는 어찌 보면 이게 당연한 것일지도 모른다.

잔혹하게 들릴지도 모르지만 말이다.

"여하튼 중요한 건 회장님이 어떻게 대처하실지인데."

"그것보다 예지 양이 상심이 크겠군요."

"그렇겠지."

구 부장도 한예지란 여성을 얼핏 알고 있다.

외모뿐만이 아니라 여러모로 공주님이라 불릴 만큼 아름다움과 착한 마음씨를 지니고 있다.

그리고 남들에게 낙하산이라는 오명을 받지 않기 위해 회사 일을 막내 사원부터 직접 발로 뛰어다니며 배우고 있다.

충분히 금수저라 불릴 만큼 좋은 집안 배경을 지니고 있음에도 불구하고 스스로 바닥에서부터 올라온다는 결심을 한 것 자체만으로도 인성이라든지 성품이 된 아가씨라 할 수 있을 것이다.

한경배 회장의 핏줄이라면 오히려 그런 결심을 한 게 당연할지도 모르지만.

그러나 오늘, 예지는 한경배 회장의 손녀딸이라는 진실 자체를 부정당하고 말았다.

"걱정이 되긴 하는구만."

구 부장으로서도 예지의 상태가 괜스레 걱정될 따름이었다.

* * *

사건이 터지고 나서 청진그룹 내부에서는 곧장 비상대책위원회가 구성되었다.

사령탑을 맡게 된 인물은 최근 청진건설의 부사장으로 취임하게 된 남자, 서진구였다.

서진구가 각 부서에서 소집한 엘리트 사원들을 바라보며 말한다.

"자네들도 알고 있다시피 회장님과 예지 양의 혈육 관계에 대해 진실을 밝히라는 요구가 들어왔네. 이미 신문을 통해서 잘 알고 있겠지만 말이야."

서진구의 말을 듣고 있던 홍보팀의 김대민이 슬쩍 손을 들 며 묻는다.

"저기… 회장님께서는 그에 대해서 뭐라고 말씀하셨습니까?"

"말하고 자시고 일단 엄청 화를 내셨지. 나도 나름 오랫동안 회장님을 모셔왔다 생각했지만, 그렇게까지 화를 내신 건 처음 이었어."

"그, 그렇군요."

들리는 말에 의하면, 그 기사를 보자마자 혈압 상승으로 인 해 정신을 잃고 쓰러졌다는 말도 들은 바가 있다.

지금은 현재 저택에서 요양을 취하고 있기에 서진구가 한경 배 회장을 대신해 대책위원회를 맡게 된 것이다.

"본래대로라면 회장님께서 직접 해결하고 싶다 하셨지만, 그분도 이제 건강을 최우선으로 해야 할 나이가 되었으니 어쩔 수 없지."

"한예지 양은 어떻게 되었습니까?"

이번 질문을 던진 인물은 바로 이민철이었다.

잠시 말을 잃은 서진구가 민철을 향해 묻는다.

"알고 싶나?"

"예. 어제부터 출근하지 않아서 걱정이 됩니다. 연락도 안 되고요."

"하긴… 자네에게는 동기이자 같은 부서에서 일하는 동료니까 다른 사람들에 비해 예지 양이 많이 걱정되겠군."

어제가 바로 한경배 회장과 한예지의 혈육 관계가 진실인지 의심하는 기사가 처음으로 나온 날이다.

기사가 나온 이후로 오늘을 포함해 이틀 동안 예지는 사무실에 얼굴을 전혀 내비치지 않고 있는 상태다.

"마찬가지로 일단은 집에서 우선 안정을 취하고 있다 일러두지."

'일단이라…….'

속으로 서진구의 말을 되새겨 보는 민철이었다.

분명 예지의 성격상 이런 기사를 통해 직접적으로 타깃이 되었다면 정신적으로 버티기 힘들었을 터이다.

한경배 회장이야 연로하긴 하지만 그간 청진그룹을 이끄는 동안 산전수전(山戰水戰)을 다 겪은 백전노장이다.

몸은 쇠약해졌을지 모르나 정신적으로는 그 누구보다도 중무장을 한 인물이다.

하나 예지는 다르다.

사회 경험도 얼마 안 되는 인물이기도 하고, 무엇보다도 불의의 사고로 부모님을 잃고서 한경배 회장의 보호를 받으며 자라온 연약한 여성이다.

정신적으로도 아직은 성숙해야 할 20대 여성이 과연 이런 언론의 뭇매를 버틸 수 있을까?

천만에. 오히려 멀쩡한 정신을 유지하는 게 이상하다 말해도 과언이 아닐 것이다.

"예지 양에 대해서는 당분간 크게 신경을 끄는 편이 좋을 거야."

"한 가지만 더 여쭤봐도 됩니까?"

이번에도 민철의 질문이었다.

서진구가 고개를 끄덕이며 그에게 발언권을 허가한다.

"해보게."

"예지 씨는 분명 무사한 겁니까?"

"…그건 내가 보장하겠네."

"감사합니다."

예지는 기사를 통해 자신의 인생 자체를 부정당한 것과 다름이 없다.

행여나 예지가 너무나도 심한 심적 부담감, 그리고 스트레스로 인해 자칫 돌이킬 수 없는 행동을 취했다면 그건 말 그대로 참극이다.

적어도 민철은 그런 일만큼은 발생하질 않기를 기원하고 있다.

그래도 서진구로부터 예지의 안전에 대해서는 확답을 받았기에 나름 안심할 수 있는 단계까지는 오게 된 셈이다.

이제부터가 중요하다.

"자네들은 앞으로 나와 함께 우리 회사를 대상으로 함부로 시비를 걸어온 강오선의 공격을 받아치기 위한 준비를 해야 할 걸세."

"받아친다는 말씀은……."

"공격을 하실 거란 말씀이십니까?"

사원들의 물음에 서진구가 천천히 고개를 끄덕여 준다.

"그간 우리 청진그룹은 제아무리 권력의 노예들에게 밉상을 보였다 하더라도 대놓고 저격을 당하지 않았지. 하지만 이번 경우는 좀 달라. 아주 대놓고 회장님과 더불어 회장님의 하나 남은 손녀딸까지 공격한 셈이지. 이게 무엇을 뜻하는지 알고 있는가?"

서진구의 목소리가 점점 격앙되어 가기 시작한다.

한경배 회장이 직접 공격을 당했는데, 서진구가 침착함을 유지하며 냉정하게 상황을 분석할 리가 없다.

그만큼 한경배 회장에게 신뢰받는 충신이 또 어디 있을까.

"이번 일을 통해서 우리 청진그룹을 함부로 건드릴 수 없다는 걸 녀석들에게 몸소 보여줄 걸세. 그것도 아주 잔혹하게!"

"……."

대책위원회에 포함된 사원들의 얼굴에는 비장감이 어리기 시작한다.

확실히 이번 일은 도가 지나쳤다.

"총력을 다해 강오선, 그 녀석의 뒤를 캐내도록 하게! 심지가 뒤틀린 녀석이니 분명 뭔가 하나 나올 거야! 털어서 먼지 안

나는 사람이 어디 있겠는가?!"

콰앙!

책상을 내려치는 서진구.

그때, 황 부장이 서진구에게 나지막이 말을 건넨다.

"부사장님께서도 진정하셔야 합니다. 여기서 사령탑인 부사장님이 오히려 이성의 끈을 놓으신다면, 사원들을 통제할 수가 없습니다."

"…그렇지. 어흠."

헛기침을 하며 다시 평정심을 되찾으려 노력하는 서진구를 대신해 황 부장이 자리에서 일어서며 말한다.

"총괄기획부를 이끌고 있는 황고수 부장이라고 합니다. 서진구 부사장님께서도 말씀을 드렸다시피, 저희는 방어와 동시에 강오선 의원에게 강력한 일침을 꽂으려 합니다."

사원들이 황고수의 말에 집중하기 시작한다.

본래 밑에 사람들의 입장에선 감정적으로 행동하는 사람보다 이성적인 판단을 앞세워 논리적으로 사건 상황과 앞으로의 계획을 설명해 주는 사람에게 더 믿음과 신뢰를 보내는 법이다.

그 점에 대해선 중간직으로 황고수 부장만 한 사람이 없을 것이다.

공격과 방어.

두 가지를 동시에 시행하기 위해 청진그룹은 최대한 다양한 부서의 인재들을 불러 모았다.

"우선 현재 진행되고 있는 상황에 대해 여러분들에게 모든 것을 공유하겠습니다. 하지만 그 이전에 여러분들이 꼭 해주셔야 할 일이 있습니다. 민철아."

"예."

사령탑이 서진구인 만큼 총괄기획부에서 파견을 나온 황고수 부장과 이민철의 영향력은 대책위원회 내부에서도 제법 영향력이 있었다.

물론 남우진 또한 이번 일에 힘을 보태줄 예정이다. 하지만 강오선에게 집중적으로 공격을 받은 인물은 바로 회장 세력의 중심이라 할 수 있는 한경배 회장과 한예다.

도움은 주나, 그렇게까지 큰 활약은 굳이 하진 않겠다는 게 남우진의 처세술 전략이기도 했다.

회장 세력에 이미지 타격이 가해지면 남우진으로서는 결코 나쁜 일이 아니기 때문이다.

그렇다 하더라도 청진그룹 전체의 이미지가 떨어지는 건 남우진도 사양하고 싶은 일이다.

민철이 대책위원회로 포함된 사원들에게 종이 하나를 돌린다.

내용물을 확인하자마자 남성진의 미간이 살짝 찡그려진다.

"이건……."

대민이 중얼거리는 말에 제3자가 가볍게 민철이 나눠준 종이에 대해 설명을 들려주기 시작한다.

"각서입니다. 비밀 유지를 위한 게 가장 큰 목적이고요, 대책위원회 내부적으로 나온 이야기는 결코 허락 없이 외부로 발설하는 걸 금지한다는 조항을 넣어뒀습니다. 가볍게 사인만 하시면 됩니다."

한때 공개 채용 당시 1차 면접에서 민철의 도움을 받기도 했으며, 현재는 인사팀에서 일하고 있는 이영진 대리가 깔끔하게 설명을 마친다.

그의 설명에 뒤이어 황 부장이 다시금 강조하듯 비밀 엄수에 관한 것에 대해 재차 언급하기 시작한다.

"이 프로젝트는 보안이 생명입니다. 그러니까 불편하더라도 결코 그 어떠한 사실들을 외부로 발설하지 마시기 바랍니다. 그 계약서에 사인하는 것으로 여러분들의 찬반 의사를 확인할 겁니다. 만약 사인을 했음에도 불구하고 정보를 외부로 빼돌린 흔적이 있다면 여러분들에게 불이익이 가해질 것입니다. 그 점을 항상 염두에 두시길."

일종의 통과의례와도 같다.

고개를 끄덕인 사원들이 각서에 사인을 함과 동시에 다시 한 번 비밀 엄수에 대한 결의를 다짐한다.

이제 본격적으로 강오선과의 전쟁을 선포할 때가 온 것이다.

*　　　　*　　　　*

강오선의 공격을 방어함과 동시에 역으로 그를 쳐야 한다!

그게 바로 서진구와 대책위원회의 가장 큰 목적이다.

하지만 그 전에.

"확인하고 넘어가야 할 점이 있는 거 같습니다."

여태 잠자코 있던 남성진이 손을 들며 발언권을 구한다.

황 부장이 고개를 끄덕여 줌으로써 그에게 말해보라는 의사를 전달한다.

자리에서 일어선 남성진이 황고수가 아닌 서진구를 바라본다.

"이건 부사장님께서 직접 말씀해 주시면 감사하겠습니다."

"무슨 질문이지?"

서진구가 태연하게 성진의 말을 받는다.

그만큼 중요한 질문이라는 뜻이 아닐까.

남성진이라는 인물 자체가 결코 허투루 말을 내뱉는 그런 남자는 아니다. 대책위원회에 모이게 된 인원들 중에서도 민철과 더불어 우수한 인재임에는 틀림이 없기 때문이다.

그런 그가 물어보고 싶다는 게 과연 무엇일까.

"한경배 회장님과 한예지 양은… 정말로 혈육 관계입니까?"

"……!!"

모두가 놀란 표정이 되어 남성진을 바라본다.

결코 아무도 거론하지 않았던 질문을 남성진은 너무나도 쉽게 발설해 버렸기 때문이다.

지금 시국에선 거의 금기시되는 질문이기도 하지만, 동시에 꼭 필요한 질문이기도 했다.

두 사람이 혈육 관계인지 아닌지.

대책위원회 인원들에게 필요한 것은 바로 진실이다.

"……."

잠시 입을 다물고 있던 서진구가 성진을 바라보며 묻는다.

"만약 회장님과 예지 양의 관계가 거짓이라 한다면 어떻게 할 텐가?"

"그래도 두 분의 관계가 혈육 관계임을 알릴 수 있도록 노력할 겁니다. 다만 차이가 생길 뿐이지요. 진실에서 진실을 밝히는 작업이 거짓을 진실로 덮어씌우는 작업으로 변할 겁니다. 하지만 분명 두 가지는 차이가 확연하게 납니다. 이 대책위원회의 방향성과 앞으로의 행동을 결정지을 중요한 요소라고 보기에 죄송스러운 말입니다만 서진구 부사장님께 이런 질문을 드린 겁니다."

강오선이 언론을 통해 주장하고 있는 내용의 전문은 대략 이러했다.

한경배 회장의 아들 내외가 불의의 사고를 당했을 당시, 그 사고 현장에는 한예지도 같이 있었다.

물론 예지는 기적적으로 구조가 되어 지금은 어엿한 성인이 되었다. 하지만 사실 그때 당시 어린 아기였던 예지도 동시에 같이 사망했고, 고아원을 운영하고 있는 서진구를 통해서 예지를 대체할 만한 아이를 입양해 왔다는 가설이었다.

신빙성이 전혀 없는 건 아니다. 청진그룹을 이어받을 혈육

이 없어진다는 건, 그만큼 청진그룹을 차지하기 위한 사내 정치 싸움이 더욱 치열해진다는 것과 같은 말이기 때문이다.

그래서 한예지의 존재 자체는 사내 정치 싸움을 억제하는 효과를 보여주고 있었다.

한예지는 필요한 존재다.

동시에 청진그룹을 노리는 사람들에게 있어선 방해 요소가 될 수 있다.

그래서 한경배 회장은 일부러 한예지의 존재를 지금까지 공식적으로 발표하지 않았던 것이다.

하지만 이제 와서 예지를 외부에 보여줬다는 건.

그만큼 한경배 회장의 세력 자체를 키우기 위해서라는 의지를 반영한 행동이라 할 수 있다.

한예지를 중심으로 한경배 회장의 뜻을 이어받을 자들을 모은다.

그게 한경배 회장이 예지의 존재를 공표한 가장 큰 이유 중 하나다.

하지만 설마 그의 이런 행동이 강오선이라는 외부 세력의 공격을 이끌어낼 줄이야.

이건 한경배 회장도 예상하지 못했던 사니라오였다.

"음."

이 자리에 모여 있는 사람들 중 예지가 진짜 한경배 회장의 손녀딸인지 아닌지에 대해 알고 있는 사람은 서진구밖에 없다

해도 과언이 아니다.

열은 한숨을 내쉬던 서진구가 결심한 듯 작게 고개를 끄덕이며 말을 이어간다.

"예지는 회장님의 손녀딸이네. 그것만큼은 내 확답을 주도록 하겠네."

서진구의 말에 모두가 작은 탄식을 자아낸다.

두 사람의 관계는 진실이다!

그 덕분에 안도의 의미가 섞인 한숨들이 여기저기서 터져 나오기 시작한다.

"감사합니다."

살짝 고개를 끄덕인 뒤 자리에 앉는 남성진이었다.

그의 용기 덕분에 여기 있는 모두가 자신이 해야 할 일을 알게 되었다.

거짓된 정보를 타파하고 대중들에게 진실을 알려야 한다!

그것만으로도 이들에게는 그나마 나은 상황이 된 것이다.

만약 두 사람의 관계가 거짓이라면, 이 말을 들은 사람들은 아마 그 사실이 외부로 공표될 때마다 청진그룹의 표적이 될 것이 틀림없다.

즉, 평생 무덤까지 부담감이라는 것을 안고 가야 한다는 뜻과도 마찬가지다.

"그럼 슬슬 역할을 분배해 보도록 합시다."

황 부장이 마지막으로 정리하기 위해 사원들의 시선을 집중시킨다.

*　　　*　　　*

같은 시각.

사무실에서 대한민국을 들썩이게 만들고 있는 기사를 내려다보던 강오선이 옅은 웃음을 흘리기 시작한다.

"크크큭… 쌤통이군."

한경배 회장은 자신의 아들과 예지를 혼사시키는 일에 대해 단호한 거절 의사를 통보해 왔다.

물론 강오선 또한 한경배 회장이 쉽게 자신의 제안을 받아들이지 않을 거란 사실은 이미 진작부터 알고 있었다.

그래도 혹시나 하는 마음에 못 먹는 감, 찔러라도 보자는 식으로 건드려 봤다.

아니, 못 먹는 감은 결코 아니다.

"'그 사람'이 잘해준다면 청진그룹에 발을 들여놓는 것도 무난하게 성공할 수 있겠군."

다시 한 번 웃음을 지어 보이던 강오선의 귀에 핸드폰 벨소리가 울려 퍼지기 시작한다.

스마트폰을 들어 전화를 걸어온 상대방을 확인한 뒤, 통화 버튼을 누른다.

"어이쿠, 이게 누구십니까. 서진구 부사장님 아니십니까?"

─강오선… 이게 무슨 짓이냐.

억지로 화를 억누르는 서진구의 목소리가 스마트폰을 통해 여과 없이 전해진다.

그러나 강오선은 여전히 비열한 웃음을 유지한 채 그의 말을 받아칠 뿐이었다.

"무슨 짓이라니요. 먼저 저에게 위해를 가한 건 한경배 회장님이 아니었습니까? 저는 정당하게 그에 대한 답변을 들려줬을 뿐입니다."

─이 개자식이… 감히 키워준 은혜도 못 알아보다니!!

"키워주긴요. 물론 예전부터 회장님의 은덕을 많이 보긴 했지만, 저 또한 회장님에게 도움을 많이 줬다고 생각합니다. 결국은 서로 돕고 도와 성장했을 뿐이지요."

─네 녀석이 사법고시 시험 볼 돈이 없다고 징징거릴 때, 그리고 생활고에 시달릴 때에도 회장님께서 너를 후원해 주시며 키워준 은혜를 모른 척하겠다는 거냐!!

"그때 베풀어주신 선행이라면 지금도 현금으로 돌려 드릴 수 있습니다. 그때 당시 전 돈을 필요로 했을 뿐이지, 회장님의 선행을 필요로 한 건 아니니까요."

─배은망덕한 자식!!

"그럼 전 이만 바빠서… 오랜만에 목소리 들을 수 있게 되어서 기쁩니다, 서진구 부사장님. 나중에 또 좋은 일로 만나도록 하죠."

─강오선, 네 이⋯⋯!

뚝.

과감하게 통화 종료 버튼을 터치한 강오선이 터져 나오는 웃음을 필사적으로 억누른다.

짜릿하다.

그리고 통쾌하다!

"감히 나의 제안을 거절해? 나, 강오선을 여전히 아랫사람처럼 보는 그 죄, 수십 배로 돌려주마."

실권을 장악한 권력자, 강오선에게 또 한 번 통화가 걸려온다.

서진구일까 하는 생각을 해보지만, 액정 화면 위에 표시된 사람의 이름을 확인한 강오선이 온화한 표정을 지으며 통화를 수락한다.

"여보세⋯ 아! 물론이죠. 말씀해 주신 그대로 충실하게 이행할 예정입니다. 예, 알겠습니다. 물론이죠. 저희는 '협력 관계'니까요. 하하하! 걱정하지 않으셔도 됩니다."

짧은 통화를 끊은 강오선이 스마트폰을 내려다본다.

"협력이라⋯⋯."

그와 동시에 의미심장한 미소를 지어 보인다.

"당분간⋯ 이라는 말이 생략되어 있지만."

*   *   *

뉴스가 언론에 퍼지기 시작하자마자 청진그룹 측에서는 한경배 회장과 한예지의 혈육 관계를 확인하고자 두 사람의 혈액 샘플을 이용해 DNA 일치 검사를 의뢰하게 되었다.

확실한 검사 결과가 나오기까지는 대략 2주가 걸린다는 통보를 받은 시점에서 민철이 한 가지 제안을 하게 된다.

"보다 더 확실한 증거를 만들기 위해 여러 업체에 동시에 의뢰를 하는 편이 좋을 거 같습니다."

즉, 한 연구업체에만 의뢰하지 말고 다른 업체에도 의뢰를 넣자는 뜻이었다.

비용 자체는 크게 문제가 되지 않기에 민철의 의견은 이의 제기 없이 수락되었다.

이제 남은 기간 동안 어떻게 청진그룹 측에서 언론 플레이를 하느냐에 따라 달라지게 될 것이다.

"하아……."

옅은 한숨을 내쉬며 눈을 비비적거리기 시작하는 대민.

다른 사람들이 보기에도 그런 대민의 모습이 안쓰럽게 느껴진다.

물론 대민뿐만이 아니다. 아마 대책위원회 모두가 타 부서 사람들에게는 그렇게 보일지도 모른다.

현재 시각, 새벽 2시.

피곤함을 토로할 만도 하다.

"일찍 들어가서 쉬시는 게 어떻습니까, 대민 씨?"

"아, 아닙니다! 이 정도야 괜찮지요."

평소였다면 약간이라도 엄살을 부릴 법했지만, 다시 만나게 된 대민은 일에 대한 책임감과 성실함으로 중무장되어 있었다.

'이것도 성장했다는 증거일까.'

민철이 자신도 모르게 슬쩍 미소를 자아낸다.

홍보팀에 있을 때에는 어리바리하던 그가 지금은 어엿한 직장인이 다 된 셈이다.

물론 대민뿐만이 아니라 대책위원회에 소속되어 있는 다수가 늦은 밤까지 업무에 매달리느라 퇴근조차 하지 못하고 있다.

자고로 언론 싸움이라는 건 낮과 밤이 없다.

24시간 항시 정보 싸움에 대비해 대기해야 하며, 그 덕분에 상당히 많은 피로함을 자아낸다.

"강오선 측에서는 별다른 이야기 들어온 거 없나?"

화장실에서 양치질을 마치고 다시 임시 사무실로 돌아온 황부장이 넌지시 묻는다.

그러자 키보드를 두드리고 있던 인사팀의 이영진이 고개를 좌우로 가로저어 보인다.

"아직까지는 딱히 없습니다."

"흠, 그런가."

그나마 불행 중 다행이다.

DNA 확인 검사 결과가 나올 때까지 이들은 별다른 반격을 가할 수 없다.

그 점을 알고 한동안 강오선 측에서는 말 그대로 맹공이라 불릴 만큼 청진그룹에 대한 공격을 퍼붓고 있었다.

애초에 초반 러시는 강오선 측이 유리할 수밖에 없다.

청진그룹을 먼저 찌른 것도, 그리고 예상치 못한 선전포고를 먼저 해온 것도 강오선이다.

적군과 싸움을 하는 데 강오선의 경우에는 청진그룹이라는 부대의 주력병이 무엇인지, 어떤 무기를 주로 사용하는지, 어떤 전법과 전술을 잘하는지 빤히 다 조사한 상태에서 싸움에 임했다.

그러나 청진그룹은 다르다.

강오선 측의 부대가 어떠한 무기를 사용하는지조차 알 수가 없다. 원거리인가, 근거리인가, 기병인지 창병인지 궁병인지조차 이들은 파악할 수 없다.

이 차이는 바로 준비 기간에서 올 수 있는 유불리이다.

강오선에게는 이점으로, 그리고 청진그룹에게는 불리함으로.

"약아빠진 사람이군, 참으로."

황 부장답지 않게 원성 어린 혼잣말을 중얼거린다.

청진그룹에서 나름 엘리트들만 엄선하여 모인 대책위원회인데, 아직까지 별다른 반격을 가할 수 없었다.

초반에는 강오선이 유리하다.

억울한 일일지도 모르겠으나, 반대로 이들에게는 확실한 카드가 있다.

바로 DNA 검사 결과라는 승리 카드가 있기 때문이다.

결과가 나오는 순간, 이들의 승리가 확실시된다.

문제가 있다면, 그동안 강오선의 맹공을 어떻게 버티느냐에 따라 결과가 달라진다.

애초에 이건 승패가 정해진 싸움이다.

분명 강오선도 알고 있을 터.

하지만 왜 굳이 그가 이 싸움을 걸어왔냐 하면 바로 이것이다.

청진그룹의 이미지를 얼마만큼 실추시킬 수 있느냐!

이미 의혹이 제기된 순간부터 청진그룹의 이미지는 날이 갈수록 떨어지고 있다. 실제로 주가가 폭락한 이유도 강오선이 한예지의 존재 자체에 의혹을 제기했기 때문이다.

아마도 확실한 검사 결과가 나오기 전까지 한경배 회장의 이미지 실추는 계속될 것이다.

만약 그것이 계속되어 한경배 회장의 이미지가 바닥까지 내려간다면, 제아무리 친자 확인 결과가 나온다 하더라도 이미 등을 돌려 버린 사람들의 마음을 다시 찾아오기는 결코 쉽지 않을 터이다.

즉, 다시 말해 승패가 정해진 싸움임에도 불구하고 강오선의 입장에서는 의혹을 제기한 것만으로도 자신의 이득을 충분히 챙겨 갈 수 있다는 뜻이다.

그 진실이야 어쨌든 결과가 한경배 회장의 신뢰도 추락이라는 것과 이어지기 때문이다.

"결국 이 싸움은 검사 결과가 나오기 전까지 얼마만큼 한경
배 회장님의 이미지 실추를 최소화시키느냐에 걸려 있겠군."

황 부장이 골치 아프다는 듯이 중얼거린다.

*　　　*　　　*

청진그룹을 마치 샌드백인 것처럼 여기저기서 두들기기 시
작하는 강오선.

그의 공격은 말 그대로 맹공(猛攻)이라 할 만큼 매섭고도 강
력했다.

매번 기자회견, 그리고 기자와의 만남을 통해 강오선의 말
한 마디 한 마디에 반박을 가해야 하는 대책위원회로서는 미치
고 팔짝 뛸 노릇이다.

하나 그것도 잠시.

이제 내일이면 바로 이들이 의뢰했던 DNA 일치 검사 결과
가 나오는 날이다.

그날만을 기다린 채 버텨온 대책위원회 인원들은 어찌 보면
마지막이 될지도 모르는 위원회 사무실에서의 야근을 맞이하
게 된다.

"드디어 내일이면 끝이네요."

대민이 늘어지게 한숨을 내쉬며 안도감을 표한다.

지금까지 버텨온 게 너무나도 고단했던 탓에 사원들의 얼굴

에는 이제 이 지긋지긋한 야근 지옥에서 빠져나갈 수 있게 되었다는 반가운 기색이 여기저기에 보이고 있었다.

물론 그건 황고수 부장도 포함되는 내용의 이야기였다.

"그러게요, 다행입니다."

민철 역시도 대민의 말을 받아주며 그를 안심시켜 준다.

내일이면 빼도 박도 못하는 확실한 증거가 나온다.

그동안 강오선의 언론 공격에 청진그룹은 나름 선방을 해왔다 해도 과언이 아니었다.

더불어 한경배 회장도 이제 다시 몸을 추스르고 직접 카메라 앞에 마주 서며 진실은 머지않아 밝혀질 거라는 발언을 계속 들려주기 시작했다.

남은 것은 내일의 결과를 회수하는 일뿐이다.

따르르릉!

대민과 대화를 나누던 사이에 오리지널 패턴의 신호 음이 사무실에 울리기 시작한다.

"죄송합니다."

스마트폰을 가지고 사무실 바깥을 나선 민철이 손목시계로 시간을 확인한다.

현재 시각, 11시 30분.

거의 자정이 다 되어가는 시간에 누가 전화를 한 것일까.

"…체린이잖아?"

예상치 못한 인물이 전화를 걸어와 내심 놀란 민철이었으나, 그래도 이 시간에 전화를 한 만큼 뭔가 중요한 용무가 있어서 자신에게 통화를 시도한 것이 아닐까 하는 생각이 들었다.

통화 버튼을 누르자, 익숙한 목소리가 민철을 반긴다.

―여보세요, 민철 씨?

"어, 난데. 무슨 일이야?"

―야근하고 있었어?

"그런 셈이지. 매번 전쟁의 연속이니까."

―그렇구나. 아직 일은 해결 안 된 거지?

"내일이면 모든 게 확실해질 거야. 적어도 4~5군데 업체에 DNA 일치 여부 검사를 의뢰했으니까 연구 결과가 잘못된 거란 태클도 들어오진 않을 테고."

혹시나 몰라서 한 군데 업체가 아닌 다수의 업체에 의뢰를 하자고 제안했던 민철의 선견지명이 강오선의 후속타를 방어하게 된 꼴이었다.

언론 플레이는 민철도 특기로 삼고 있는 분야다.

결국은 말하는 수단이 뉴스, 기사, 방송 등으로 확대된 것뿐이지, 사실은 두 세력이 치고받고 말싸움을 하는 것에 불과하기 때문이다.

그렇다면 민철이 결코 불리할 입장이 아니다.

―그건 다행이네.

"그나저나 무슨 일인데."

―아니… 사실은 나 말이야.

체린이 잠시 말을 할까 말까 고민하던 뒤에 침을 한 번 꿀꺽 삼키면서 말을 이어간다.

─예지 씨가 입원해 있는 병원에 와 있거든.

"예지 씨… 라고?"

─응.

예지가 병원에 입원해 있다는 건 민철도 얼마 전에 새로 들어서 알게 된 사실이다.

자택에서 요양을 취하고 있던 예지였으나, 아무래도 병원에 입원을 해 여러 가지 신경 안정을 위한 치료를 받는 게 도움이 많이 될 거 같다는 전문가의 소견에 따라 며칠 전 병원에 입원하게 되었다는 말을 서진구에게서 들은 적이 있다.

그래서 딱히 병원에 입원했다든지 하는 그런 소식 때문에 놀라거나 그러진 않았다.

정작 민철이 놀란 이유는 따로 있다.

바로 체린이 어떻게 예지가 입원해 있는 병원에 가 있느냐 하는 점이었다.

민철은 체린과 예지, 두 사람을 정식으로 소개시켜 준 적은 없다.

그런데 어떻게 두 여자가 서로를 알고 있는 것일까?

'설마 체린이 독자적으로 행동한 건가?'

그 가능성도 크긴 하다.

그러나 그건 민철의 방식에는 약간 어긋난다.

계획에 들어 있지 않은 변수가 발생하는 건 민철로서는 상당히 꺼리고 싶어 하는 일이기도 했기 때문이다.

물론 민철의 그런 생각을 체린도 잘 알고 있기에 잠시 이어지는 침묵을 눈치채고 체린 쪽에서 먼저 자초지종을 설명하기 시작한다.

―얼마 전에 청진그룹 본사 주변 카페에서 지점 체크를 하고 있었거든. 그런데 마침 예지 씨가 와서 알게 되었어.

"그렇군."

즉, 의도적으로 체린이 먼저 예지를 직접 찾거나 한 건 아니란 뜻으로 해석된다.

"면회 시간도 지났을 텐데, 거기에 있어도 되는 건가?"

―응. 예지 씨에게 별도로 부탁을 받았거든.

"부탁?"

―예지 씨가 많이 힘들어하는 거 같아서……. 곁에서 힘이 되어달라는 식으로 말을 들었거든. 병원 측에서도 내가 있는 편에 예지 씨의 정신 건강 유지에도 좋다고 판단해서 특별히 나는 면회 시간 제한을 받지 않게 되었어.

"그렇군……."

―미리 말을 했어야 했는데… 미안해, 민철 씨.

"아니, 괜찮아."

어찌 되었든 그건 상관이 없다.

아니, 오히려 잘되었을지도 모른다.

이번 기회에 체린과 예지, 두 사람의 관계를 보다 밀접하게 만들어둔다.

그건 민철에게 기회가 될 수도 있기 때문이다.

지금 당장의 일을 헤쳐 나가기 위한 실마리가 아니다.

보다 더 먼 미래를 위해서.

그리고 민철이 궁극적으로 이 세계에 소환된 목표를 달성하기 위해서 체린의 도움이 절실히 필요할 때가 올 것이다.

"예지 씨를 잘 부탁할게."

—응, 알았어.

민철이 알고 있는 예지의 개인사는 대략 이러했다.

어렸을 때부터 한경배 회장의 손녀딸이라는 것 때문에 제대로 학교에 나가지 못하고 친구조차 사귀기 힘든 환경에서 자라왔다.

그래서 마음을 터놓고 지낼 만한 동성 친구가 없었던 것이 그녀의 현재 상황이라 할 수 있다.

비록 나이 차이가 나긴 하지만, 그래도 의지할 만한 친구이자 언니인 동성 친구가 생긴다는 건 예지로서도 든든한 일이 될지도 모른다.

그리고 예지가 체린을 의존하면 의존할수록 분명 그 여파는 민철에게도 작용할 것이다.

물론 좋은 의미에서 말이다.

"오늘은 여러모로 생각할 게 많아지는 밤이로군."

어차피 밤샘 작업으로 인해 시간은 많이 확보된 상태다.

천천히, 그리고 느긋하게 앞으로의 일을 생각하면 될 일이다.

밤은 어차피 긴 법이니까.

*　　　*　　　*

다음 날 아침.

드디어 유전자 검사가 나오는 날이 다가오게 되었다.

"그럼 갔다 오겠습니다."

민철과 대민, 두 사람이 남성진과 또 다른 대책위원회 인원과 함께 지하 주차장으로 향한다.

이들은 이제부터 두 팀으로 나뉘어 각각 의뢰를 맡겼던 업체를 방문해 검사 결과를 직접 건네받아 올 것이다.

모든 것은 비밀리에 진행되며, 그 누구에게도 함부로 검사 결과를 알려줘선 안 된다.

물론 유전자 검사 의뢰를 받게 된 해당 업체 관계자들 또한 이와 같은 각서를 받아냈다.

청진그룹에서 본격적으로 발표를 하기 전까지는 이들에게 함구령이 내려진 셈이다.

괜히 청진그룹 측에서 공식적으로 발표하기 전에 정보가 새어 나가면 그것도 여러 말이 나올 가능성이 크기 때문이다.

그래서 이들은 일부러 최대한 자신들의 정보를 통제하기 위해 마지막에 마지막까지 입단속을 시켰다.

"웃차!"

민철에 차에 오른 대민이 오랜만이라는 듯이 입을 연다.

"민철 씨가 홍보팀에 있을 때에는 이렇게 같이 다니는 것이 일상이었는데 말이죠."

"하하하, 그러게 말입니다."

자가 차량을 가지고 있는 민철인지라 외근 나갈 일이 생길 때에는 자주 민철이 나가곤 했다.

그럴 때마다 가끔은 대민도 그와 함께 세트로 엮여 외근 업무를 보러 갈 때가 종종 있었다.

"동생들은 잘 있죠?"

대민이 많은 동생들을 책임지고 있다는 사실이 문득 떠오른 민철인지라 넌지시 근황도 물을 겸 질문을 던져 본다.

대책위원회에 일시적으로 소속되어 그간 같이 일해오긴 했지만, 워낙 처리해야 할 업무들이 많았던 터라 이렇게 터놓고 이야기하는 시간조차 가지기 힘들었다.

"너무 잘 지내고 있어서 탈이죠. 안 그래도 요즘 제가 돈 많이 벌어 온다고 아주 살판이 났습니다."

"다행이군요. 청진그룹이 확실히 돈은 잘 주기도 하니까요."

"대기업이니까요. 그래도 동생들 주눅 들지 않게끔 학교 무사히 보내는 것만으로도 저는 행복합니다."

"그렇군요."

운전대를 능숙하게 돌리며 지하 주차장을 빠져나가는 민철의 차량.

신호 대기에 걸렸을 때 다른 쪽 근황을 물어본다.

"서미나 대리님과는 어떻게 지내시고 계십니까?"

"……!!"

순간 대민의 얼굴이 빨갛게 물들기 시작한다.

서미나.

민철과 대민이 이제 막 홍보팀으로 청진그룹에 입사했을 당시 대리를 맡고 있던 여성의 이름이기도 하다.

그리고 대민이 짝사랑하는 여성이라 할 수 있다.

지금은 가업을 이어받기 위해 퇴사를 선택한 뒤 초등학교 앞에 위치한 문방구를 운영하고 있다 들었다.

간혹 두 사람이서 사적으로 만난다는 이야기까지 들은 적은 있지만, 직접 확인하진 못했다.

그래서 대민의 입장에선 민철의 이런 질문이 짓궂게 들릴지도 모르지만, 근황이라도 전해 듣고자 질문을 던진 것이다.

"그럭저럭… 잘 지내고 있는 거 같습니다."

"최근에 만난 적은 있죠?"

"네, 안 그래도 이번에 회사 위기 한 번 넘기면 만나서 식사 한 번 하기로 했습니다."

"오, 그렇군요."

미나도 계속 대민과 자주 만나는 것으로 보아선, 그래도 어느 정도 대민에게 마음이 있는 건 아닐까 하는 생각이 들기 시작한다.

확실히 대민은 예전의 신입 사원 때 보여줬던 어리바리한 모습이 많이 사라졌다.

지금은 어엿한 김 대리로서 홍보팀의 중추 역할을 도맡고 있는 믿음직한 사원으로 자리매김하게 되었다.

"서 대리님이 보시면 자랑스러워하실 겁니다."

"저도 그랬으면 좋겠어요."

그래도 대민의 연애 고민 상담을 자주 들어줬던 민철로선 진심으로 두 사람이 잘되기를 기원할 수밖에 없었다.

그렇게 서로 잡담을 나누는 사이, 어느새 첫 번째로 들러야 할 연구 업체에 도착하게 된 두 사람이었다.

"어디 보자… 한성유전자연구소니까… 여기 맞군요."

다시 한 번 네비게이션과 업체 간판을 확인한 민철이 고개를 끄덕이며 말한다.

"주차 좀 시키고 가겠습니다. 먼저 들어가 계세요."

"아닙니다. 민철 씨도 같이 가요."

"그렇다면야… 알겠습니다."

차를 주차시킨 뒤 하차하자마자 빠른 걸음으로 업체 건물 안에 들어선다.

일분일초를 다투는 상황에서 시간을 지체할 수는 없는 노릇이다.

조금이라도 빨리 자료들을 검수해 보도 자료 및 공식 발표문을 만든 뒤 대변인에게 전달해 줘야 한다.

"실례합니다!"

민철이 목소리를 높여 연구 업체 직원에게 말을 건다.

"류선국 팀장님 찾아왔습니다만."

"아, 잠시만요."

청진그룹에서 올 거란 정보는 이미 접해서 알고 있던 모양인지 류 팀장을 불러온다.

얼마 뒤 직원과 함께 모습을 드러내는 류 팀장.

그러나 그의 표정이 그다지 좋아 보이지 않는다.

"검사 결과를 받으러 왔습니다만."

민철이 단도직입적으로 묻지만, 류 팀장이 난색을 표하며 말하기 시작한다.

"죄송하지만… 결과가 나오기까지는 시간이 좀 더 필요할 거 같습니다."

*　　　*　　　*

"검사 결과가… 아직 안 나왔다고요?"

"그게 무슨 말씀이십니까."

대민과 민철이 순차적으로 강력하게 항의하기 시작한다.

분명 검사 결과는 오늘 나온다고 들었다.

불과 어제까지만 하더라도 스케줄에 지장이 없음을 확인한 이들이었다. 그런데 이제 와서 막상 들어보니 검사 결과가 늦춰졌다니?

"죄송합니다. 검사 과정에 차질이 생겨서……."

말끝을 흐리기 시작하는 류 팀장.

그러자 대민이 살짝 언성을 높이기 시작한다.

"아니, 무슨 말도 안 되는 소리를 하는 겁니까! 의뢰를 받았으면 제대로 해야 할 일을 하는 게 당신들 소임 아닙니까?! 도중에 문제가 생겼다면 연락이라도 주든가 했어야 하지 않습니까!! 이제 와서 배 째라는 식으로 나온다면 저희보고 어쩌라는 겁니까!!"

"그게 아니고……."

류 팀장도 난감하다는 듯이 말을 이어가지 못한다.

이미 제대로 화가 나 정상적인 판단이 흐려진 대민을 대신해 민철이 빠르게 일정을 재차 확인한다.

"어느 정도 더 걸릴 거 같습니까?"

"적어도 일주일 정도는……."

류 팀장의 말이 또다시 대민의 신경을 건드린 모양인지 그가 재차 언성을 높이기 시작한다.

"일주일이나요?! 아니, 무슨 검사를 하길래 결과가 그리 오래 걸린단 말입니까!!"

"좀 더 확실한 정밀 검사가 필요합니다. 워낙 중요한 시안이기에 저희 측에서도 청진그룹 여러분들에게 보다 더 확신할 수 있는 증명서를 추가해 드리고자 하기 때문에… 이해해 주시면 감사하겠습니다. 저희도 이미 언론에 연구소 명칭과 연구팀 멤버들이 전부 다 노출되어 있는 상태입니다. 다른 업체와 연구 결과가 조금이라도 다르게 나오거나, 혹은 뭔가 다른 결과물이 나온다면… 분명 연구 결과에 대한 신뢰도가 떨어지지 않겠습니까. 저희는 생계가 걸려 있는 문제입니다. 여러분들은 그저 일시적인 사건에 불과할지도 모르지만, 생계가 걸린 쪽 입장도 충분히 고려해 주시기 바랍니다."

"……."

뭐 이런 핑계가 다 있나.

물론 이해는 할 수 있다.

언론에도 검사 결과를 발표할 때에 해당 업체명의 이름을 밝히고 이러이러한 증거와 결과가 나왔다는 점을 상세하게 공개할 예정이다.

그런데 만약 서로 다른 결과가 나온다면?

그 해당 업체는 분명 실력이 없음을 만천하에 증명하게 되는 꼴이다. 그 이후부터는 누가 그 업체를 이용하겠는가.

한성유전자연구소 입장에서도 분명 신중에 신중을 기하고 싶으리라 공감은 된다.

하지만.

'과연 그게 검사 결과를 일주일이나 미루는 이유가 될까?'

민철이 속으로 류 팀장의 발언을 다시 한 번 의심한다.

그의 말에 합리적이지가 않은 요소가 한 가지 숨어 있었기 때문이다.

한편, 어이를 상실한 대민이 또다시 뭐라 목소리를 높이려고 하던 찰나였다.

"대민 씨, 진정하세요."

"그치만 민철 씨! 이건 명백한 계약 위반이……."

"네, 분명 이쪽에서 잘못한 건 맞습니다. 하지만 재촉한다 하더라도 어차피 결과물은 나오지 않을 거 같군요."

그 말을 하면서 동시에 민철이 슬쩍 류 팀장을 노려본다.

순간 할 말을 잃은 류 팀장이 그의 시선을 회피한다.

어차피 민철과 대민이 여기서 고래고래 소리를 지른다 하더라도 검사 결과가 바로 나온다고는 할 수 없다.

그렇다면 서로 감정 상하기 전에 일찌감치 마무리를 짓는 편이 좋다.

"알겠습니다. 하지만 다음부터는 이런 일이 발생할 거 같다면 미리 연락을 주시기 바랍니다. 그 정도는 충분히 해주실 수 있을 거라 생각됩니다만."

"예… 죄송합니다. 그 점에 대해서는 차마 뭐라 드릴 말이 없습니다."

"아닙니다. 일주일이라고 하셨죠? 그럼 오늘처럼 비슷한 시각에 방문을 드리도록 하겠습니다."

"알겠습니다……."

힘없이 고개를 끄덕이는 류선국 팀장.

말을 마치고 빠르게 한성유전자연구소 건물 바깥을 빠져나가기 시작하는 민철의 뒷모습을 바라보던 대민이 어쩔 수 없다는 듯이 한숨을 내쉬며 마찬가지로 발걸음을 옮긴다.

그의 말대로 여기서 난동을 부려봤자 검사 결과가 앞당겨진다거나 할 수는 없다.

그리고.

대민은 오랫동안 민철과 함께 일해온 경력이 있다.

순간 그의 말과 행동을 통해 대민은 한 가지 눈치를 챌 수 있었다.

민철이 뭔가를 알아차렸다!

그게 무엇인지 대민은 잘 모르지만, 우선 그가 빠르게 포기를 했다는 건 분명 뭔가를 눈치채고 다음 행동에 임한다는 증거가 되기도 한다.

그리고 역시 대민의 예상대로.

"걸리는 게 하나 있군요."

건물 바깥으로 나오자마자 민철이 스리슬쩍 말을 내뱉는다.

"역시… 그렇게 생각하십니까?"

"네."

"젠장… 어쩔 수 없네요. 그럼 우선 다른 곳부터 먼저 가보도록 하죠. 그나저나 민철 씨가 저번에 한 군데 업체에만 의뢰하지 말고 다른 곳에 동시적으로 의뢰를 넣자고 한 게 정답이었네요. 괜히 이 쓰레기 같은 연구소에만 의뢰를 했다면 큰일이 날 뻔했으니까요."

이들에게는 한성유전자연구소 말고 다른 대체 연구소가 3군데나 남아 있다.

어차피 검사 결과가 늦어진다면, 다른 곳에 가서 검사 결과 서류를 받아 오면 될 일이다.

민철과 대민 조가 한성유전자연구소, 그리고 정앤비유전자 검사원에 방문해 검사 결과를 받아 오기로 되어 있다.

남은 두 곳인 김정태 친자확인소와 DA 유전자연구소는 남성진 쪽이 들르기로 되어 있다.

"한 곳이 안 나온 게 아쉽긴 하지만, 그래도 3곳이나 있으니……."

"아니요, 그곳들도 포기하는 게 좋을 겁니다."

"네……?!"

놀란 대민이 방금 말도 안 되는 소리를 내뱉은 민철의 말에 벙찐 표정을 지어 보인다.

이게 무슨 소리란 말인가.

3군데나 있는데 포기하라니?

"어차피 남은 3곳도 아마 검사 결과를 늦추겠다고 일방적인 통보를 해올 가능성이 큽니다. 아니, 거의 확실하죠."

"그게… 무슨 뜻입니까?"

"간단합니다. 한성유전자연구소도 바보는 아닙니다. 머리 좋은 사람들이 모여서 설립한 친자확인 업체인데, 그 사람들이 과연 단순히 자신들의 검사 결과에 불만족해 검사 결과를 일주일이나 미뤘다는 게 말이 된다고 생각합니까. 천만에요. 결코 그럴 사람들이 아닙니다. 그리고 무엇보다 납득할 수 없는 것은 바로 이것입니다. 자신들은 검사 결과를 미룬다 치더라도 남은 3곳은? 오히려 3곳의 업체에서 결과를 밝힌다면, 한성유전자연구소는 이런 말을 듣게 될 것입니다. 너희들은 실력이 없어서 검사 결과를 내는 데에 더 오래 걸린 거 아니냐고 말입니다."

"하긴……."

남들은 다 결과를 내보였는데, 다른 3곳은 자신들의 검사 결과를 당당하게 청진그룹 측에 제출했다 하면 오히려 그게 더 이미지에 타격을 입힐지도 모른다.

"저 사람들이 바보가 아닌 이상 절대로 그런 짓을 할 리가 없습니다."

"하지만… 실제로 그런 일이 발생하지 않았나요? 이미 한성 측에서는 1주일이나 미룬다고……."

"제 생각입니다만."

민철이 깊은 한숨을 토해내며 말을 이어간다.

"다른 3곳 또한 검사 결과를 미뤘을 겁니다."

"……!!"

그래서 민철이 대민에게 남은 3곳을 가도 결국 결과는 똑같을 뿐이란 말을 한 것이다.

"이, 일단 연락을 해보겠습니다!"

당황하던 대민이 혹시나 하는 생각으로 이들이 한성 이후 들르기로 했던 또 다른 연구 업체에게 연락을 해보기 시작한다.

한편.

"음?"

맹렬하게 울려 퍼지기 시작하는 스마트폰을 집어 든 민철이 통화 버튼을 누른다.

그와 동시에 귓가에 남성진의 낮아진 목소리가 들려오기 시작한다.

―여보세요, 민철 씨?

"네, 접니다."

―혹시 한성 쪽도 검사 결과가 뒤로 미뤄졌다는 말을 했습니까?

아무래도 남성진 또한 민철과 같은 생각을 하고 있는 모양인가 보다.

통화를 하자마자 대뜸 확인하고자 하는 질문이 민철과 같은 의구심을 내포한 질문이었기 때문이다.

"예, 그렇습니다."

―역시… 그렇군요.

성진과의 통화 도중, 대민이 어이가 없다는 듯이 목소리를 높이며 외친다.

"정앤비유전자검사원도 마찬가지입니다! 검사 결과를 일주일이나 늦추겠데요! 이런 빌어먹을 새끼들……!"

대민의 목소리가 스마트폰 건너편에 있는 성진의 귀에까지 도달한 모양인지 성진이 옅은 한숨을 내쉬며 말한다.

―이것으로 4군데 다 전멸이군요.

아마도 성진 또한 민철과 대민 조와 마찬가지로 담당하기로 예정되어 있던 2곳의 업체를 미리 다 알아본 것으로 추정된다.

"일단 만납시다. 만나서 어떻게 된 일인지 정보를 공유하죠."

―예, 알겠습니다.

한시가 급하다.

더 이상 시간을 지체할 수 없기에 민철과 성진은 곧장 행동에 임하기로 한다.

*　　　*　　　*

민철 일행이 검사 결과의 연기를 놓고 전전긍긍하던 찰나에.

"…연구소 업체를 돌아다니는 청진그룹 직원들이 있다고?"

강오선의 말에 비서로 보이는 남자가 고개를 끄덕이며 말한다.

"예, 그렇습니다."

"과연… 오늘이 연구 결과일이 나오는 날이었나 보군."

옅은 호흡을 내쉬면서 중얼거리던 강오선의 한쪽 입꼬리가 슬며시 올라가기 시작한다.

"그렇다면 우리도 나름 조치를 취해야지."

깍지를 낀 두 손으로 턱을 괴며 비서를 응시하던 강오선이 냉소적인 웃음을 띠며 명령하기 시작한다.

"녀석들에게 연락해서 청진그룹의 개들을 잠시 동안 포박하라고 전해."

"그렇게 되면 문제가 발생할 수 있지 않을까요?"

"상관없어. 어차피 그 녀석들이 우리가 손을 썼다는 증거를 포착할 만한 여력을 주지만 않으면 돼. 심증만으로 우리를 공격하기에는 이미 일이 너무나도 커져 버렸으니까. 그리고 청진그룹 측에서 괜히 어설픈 언론 공격을 펼쳐 봤자 오히려 역공을 당할 거라는 건 이미 그간 우리들의 행동 패턴을 통해 잘 알고 있을 거다. 어차피 공격 권한은 우리들에게 있을 뿐. 샌드백이 권투 선수를 공격할 수 있는 수단은 원심력을 이용한 몸통박치기밖에 없다. 고작해야 그런 허접한 공격으로 나, 강오선이 쓰러질 일은 없겠지."

"알겠습니다. 의원님 말씀대로 행하겠습니다."

고개를 가볍게 숙인 뒤 사무실 바깥을 나서는 비서.

그와 동시에 강오선의 입가에 또다시 미소가 어리기 시작한다.

"젊은 친구들이 몸 좀 사릴 줄 알았다면 참으로 좋았을 텐데 말이야. 하하하!!"

*　　　*　　　*

한적한 평일의 오전 카페.

"난감하군요."

대민이 옅은 한숨을 내쉬며 중얼거린다.

그도 그럴 것이, 오늘 이들이 돌기로 했던 4군데의 연구 업체가 전부 꽝이 되어버렸기 때문이다.

"아마도 동시에 입을 맞춘 거겠지요."

성진이 중얼거리면서 상황을 파악해 본다.

동시에 4군데나 검사 결과를 늦춘다?

이해할 수 없는 일이다.

"…우선 상황을 좀 더 파악해 보는 게 좋을 거 같습니다. 일단 회사에 가서 이 상황을 좀 더 상세하게 알려줄 사람이 필요한데……."

민철이 슬쩍 대민, 그리고 성진과 같이 다니던 멤버 한 명을 바라본다.

두 사람은 민철이 무엇을 원하는지 눈치채고 고개를 끄덕인다.

"저희가 회사에 들어가 보겠습니다."

"부탁 좀 하겠습니다. 저하고 성진 씨는 한 번 더 각 연구소를 들러보면서 늦춘 이유가 무엇인지 알아보도록 하겠습니다."

"네, 무슨 일이 생기면 연락 주세요."

그렇게 말한 대민이 남은 한 명의 사원과 함께 카페를 나선다.

한편, 둘만 남게 된 상황에서 성진이 민철을 지그시 응시한다.

그와 동시에.

"이유를 알고 있는 모양인가 보군요."

단도직입적으로 민철에게 질문을 던진다.

연구소들이 단체로 항의하듯 검사 결과를 늦춘 이유.

혹시나 민철은 그걸 이미 눈치채고 있는 건 아닐까.

그래서 일부러 듣는 귀를 줄이기 위해 대민과 다른 한 명의 동료를 회사로 돌려보냈을지도 모른다.

이유를 알고 있다면 굳이 4명이나 여기에 할당될 필요가 없기 때문이다.

"짐작이긴 합니다만……."

민철이 아메리카노 한 잔을 음미하며 말을 이어간다.

"얼추 알 거 같습니다."

　　　　　*　　　　*　　　　*

"얼추 짐작 가는 게 있나 보군요."

슬쩍 눈을 흘기며 묻는 남성진.

그러자 민철이 고개를 끄덕인다.

"정정하도록 하죠. 짐작이 아니라 거의 확실할 겁니다."

시원한 아메리카노 한 잔으로 잠시 목을 축인 민철이 빠르게 말을 이어간다.

"4군데의 연구 업체에게 검사 결과를 미루게끔 만들어두면 가장 큰 이득을 볼 수 있는 곳이 어디라 생각하십니까?"

"강오선… 입니까?"

"네, 그렇습니다."

이미 이 언론 싸움의 결과는 정해진 것과 마찬가지다.

서진구가 이미 대책위원회에게 확신을 준 것처럼, 한경배 회장과 한예지는 분명 혈육 관계가 맞다.

물론 이 점에 대해서 강오선도 아마 예상을 하고 있을 것이다.

"최대한 검사 결과를 늦추면서 가급적이면 한경배 회장의 이미지를 실추시키게끔 총공격을 가하려는 게 강오선의 의도 겠죠. 검사 결과가 늦어지면 늦어질수록 강오선 측의 공격 기간이 늘어나는 꼴이 되니까요."

"저도 그 점에 대해서 이해가 되긴 하지만… 어떤 식으로 연구 업체 4군데를 전부 회유했는지 알 수가 없군요."

남성진이 이런 불만을 토로할 수밖에 없는 것이, 검사 의뢰비와 별도로 청진그룹은 어마어마한 금액을 그들에게 보장해줬기 때문이다.

만약 그 금액을 받고 청진그룹 측에 붙을 거였다면 강오선의 딜이 들어왔어도 연구 업체들은 청진그룹의 편을 들어줬을 것이다.

이미 청진그룹은 그들에게 액수적인 면으로 충분히 많은 어필을 해왔다.

"강오선이 저희보다 더 많은 금액을 제시하면서 연구 업체들에게 환심을 샀다면 이해가 되겠군요."

나름 자신만의 추측을 펼치며 고개를 끄덕이는 남성진.

결국 그 방법밖에 없다.

청진그룹보다도 많은 돈을 제공하면서 연구 결과만 늦춰달라 하는 방식으로 시간을 벌었을 것이다.

세상은 결국 돈 싸움이기 때문이다.

하나 민철의 생각은 달랐다.

"그렇진 않을 겁니다. 강오선이 제아무리 어느 정도 권력을 쥐고 있는 사람이라 하더라도 지금까지 들어본 강오선의 성품이나 성격, 패턴을 생각한다면 굳이 자신이 위험부담을 감수하고 거금을 쓰면서까지 이번 일을 주도적으로 이끌어갈 거라 생각하지 않습니다. 그리고 사실 강오선이 거금을 쓰지 않아도 연구 업체들의 검사 발표를 늦추는 대신, 줄 수 있는 액수를 상당 금액 보장해 줄 방법은 있습니다."

"돈을 쓰지 않고서도 그들에게 거금을 쥐여줄 수 있는 방법이 있다니… 그건 납득이 안 되는군요."

"간단합니다."

민철의 입꼬리가 슬쩍 올라간다.

"주식입니다."

"주식……!"

순간 남성진이 뒤통수를 맞은 듯한 표정을 지어 보인다.

늘상 포커페이스를 유지하던 그가 한 가지 간과했던 점이 바로 주식이었던 것이다.

"지금 청진그룹의 주식은 말 그대로 폭락했다 해도 과언이 아닙니다. 하지만 뭐… 폭락했다 하더라도 웬만한 대기업 주가 그 이상이긴 하지만, 그래도 예전에 비해서는 확실히 많이 떨어졌죠."

강오선의 언론 공격이 주식의 폭락을 불러온 것이다.

현재 대한민국에서는 한경배와 한예지, 두 사람이 정말로 혈육 관계인지에 대한 사실이 뜨거운 감자로 떠오를 만큼 전국을 시끄럽게 만들고 있다.

그만큼 강오선의 발언이 많은 혼돈을 가져왔다는 뜻이기도 하다.

"연구 업체 대다수가 청진그룹의 주식을 지니고 있다면, 거의 확실할 겁니다. 이건 조금만 조사해도 바로 나오겠죠."

"…맞는 말이군요."

떨어진 주식을 왕창 사들인다.

연구 업체들이 검사 결과를 지체하면 지체할수록 주가 폭락은 더더욱 이어질 테고, 그 순간 주식을 단숨에 매입해 청진그룹이 다시 주가를 회복했을 때 되팔아 버리면 된다.

그렇게 되면 강오선은 굳이 연구 업체들에게 돈을 일부러 찔러주지 않아도 알아서 그들에게 거금이 보장될 것이다.

"주식으로 다른 업체들을 현혹시켰다… 강오선다운 방식이군요."

남성진이 옅은 침음성을 내뱉는다.

그렇게 된다면 제아무리 청진그룹에서 연구 업체들에게 많은 돈을 가져다 바쳐도 승산이 없을 것이다.

이미 그들도 주식이라는 한배를 탄 이상, 강오선 측과 한 패거리가 되었다 해도 과언이 아니기 때문이다.

"난감하게 되었군요."

실로 난감할 따름이다.

주식이 묶여 있으면 연구 업체들을 설득할 방법이 없다.

그러나 그때, 민철이 자리에서 일어나 말한다.

"방법은 있습니다."

"……?"

제아무리 이민철이라 하더라도 여기서 어떠한 해답을 제시할 거란 생각은 남성진으로서도 할 수가 없었다.

그런데 방법이 있다니?

"좋은 해결 방안이라도 있습니까?"

"글쎄요, 개인적으로 그다지 좋은 방식은 아니라고 생각합니다만, 그래도 시도할 만한 가치는 있다 생각합니다."

"들어볼 수 있을까요."

어차피 지금은 남성진과 함께해야 한다.

굳이 비밀로 할 필요가 없다고 판단한 민철이 가벼운 한숨과 함께 자신이 생각한 해결 방법을 제시한다.

"양심에 호소하는 방법밖에 없습니다."

*　　*　　*

사실 민철로서도 어이가 없는 방법이라 생각한다.

양심에 호소하다니.

이미 거금을 확보한 그들에게 무슨 양심의 가책을 느끼게 만든다는 것인가. 애초에 만약 양심의 가책을 느꼈다면 검사 결과도 늦추지 않았을 것이다.

실제로 이미 정앤비유전자검사원을 시작으로 김정태 친자 확인소, 그리고 DA 유전자연구소까지.

남성진과 함께 4곳 중 3군데나 돌아다니며 이들의 양심에 호소를 해봤지만, 결국은 씨알도 먹히지 않았다.

"어렵군요⋯⋯."

남은 한 곳, 한성유전자연구소를 향해 차를 몰아가는 남성진이 진절머리를 앓듯 중얼거린다.

"승산이 전혀 없는 싸움입니다. 돈과 양심⋯ 심지어 그 돈도 결코 적은 액수가 아닙니다. 최소 몇천만 단위로 보장을 받을 수 있는 어마어마한 액수와 양심을 저울질한다니⋯ 현대사회에서는 찾아보기 힘든 일이군요."

남성진의 입에 절로 쓴웃음이 지어진다.

어이가 없는 작전이라 생각했기 때문이다.

물론 민철 역시 마찬가지다.

상대방과 협상을 하려면 그만큼 대등한 조건을 가지고 딜을 해야 한다.

하나 이들이 가진 거라고는 그저 양심에 호소하는 것밖에 없다.

이미 돈으로는 그들의 환심을 살 수 없다.

제아무리 이제 와서 또다시 몰래 언구 업체들에게 많은 액수를 쥐여준다 하더라도 강오선은 분명 이것을 이용해 훗날 또 한 번 청진그룹에게 태클을 걸어올지도 모른다.

이미 4군데의 연구 업체와 연락망을 만들어 정보 교환을 하고 있다면, 틀림없이 청진그룹이 연구 업체에게 뒷돈을 줄 거란 정보도 강오선의 귀에 들어갈 것이다.

그렇게 되면 강오선은 또다시 청진그룹에게 이런 주장을 할 수 있지 않을까.

'연구 결과 조작 혐의를……'

연구 업체들에게 거금을 쥐어준 증거를 내밀면서 동시에 이들에게 연구 검사 결과를 조작하게끔 만들었다는 주장을 펼칠 가능성이 크다.

그것만큼은 막아내야 한다.

싸움이 장기화되면 결국 유리한 건 강오선이기 때문이다.

결국 강오선보다 더 많은 돈을 써가며 연구 업체들에게 뒷돈을 주는 것도 엄청난 위험부담이 따르는 일이라 할 수밖에 없다.

돈으로 해결할 수 없고, 오로지 양심선언에 매달려야 하는 이들의 입장이 참으로 처량하게 느껴진 모양인지 남성진 또한 어이가 없는 웃음을 지어 보인다.

"천하의 청진그룹이… 말이 아니군요."

"그러게 말입니다."

이미 3군데의 업체들과 협상을 시도해 본 민철이었으나 역시 쉽지 않았다.

제아무리 민철이 화술의 달인이라 하더라도 애초에 딜 자체가 되지 않는 협상 테이블이었다.

이건 설령 고차원적 존재가 오더라도 돈에 오염된 그들의 마음을 쉽사리 정화시키는 건 힘들다고 보인다.

차라리 도안을 섭외해서 정신계 상위 마법인 마인드컨트롤이라도 부탁할까 생각했지만, 인간의 정신을 평생 지배할 수도 없다.

분명 언젠가는 탄로가 날 터. 심지어 최악의 경우까지 간다면 마법의 존재 자체가 들킬 가능성도 크다.

돈도, 마법도 전부 봉쇄되었다.

하지만.

마지막까지 희망의 끈을 놓아서는 안 된다.

할 수 있는 일이라면 모든 것들을 긁어모아서라도 자신의 무기로 만들어야 한다.

그게 바로 민철의 마음가짐이다.

"어머, 혹시 청진그룹의……."

오전에 잠시 마주쳤던 여성 연구원이 놀란 표정을 지으며 민철을 향해 묻는다.

그러자 민철이 빙그레 웃어 보이며 여성 연구원에게 부탁한다.

"류선국 팀장님과 만날 수 있을까요?"

"그치만 팀장님은 지금 한창 연구실에……."

"잠시면 됩니다. 사람이라는 게 본래 하루 종일 일만 하면서 살 순 없잖아요? 때로는 외부 공기도 마셔주고 그래야 좋지 않습니까."

"…알았어요. 말은 한번 해볼게요."

"감사합니다."

류선국 팀장을 불러온다 하더라도 사실 좋은 쪽으로 의견이 합치될 거라고는 민철도 생각하지 않는다.

하지만 할 수 있는 건 우선 다 해보는 게 좋다.

"이 시간에 또… 무슨 일로 오셨습니까?"

백의를 입은 채 모습을 드러낸 류선국 팀장이 역시나 살짝 주눅이 든 표정으로 민철과 마주한다.

오전에 왔던 그 시끄러운 사람(김대민)이 보이지 않자, 그나마 위안이 되는 모양인지 오전에 비해서는 얼굴에 약간이나마 혈색이 돌고 있었다.

"잠시 이야기 좀 하시겠습니까? 연구소 근처에 요즘 입소문을 타고 있는 머메이드 카페가 있더군요."

"아침에 말씀드렸던 이야기라면 이미……."

"마침 머메이드에서 괜찮은 이벤트도 하고 있습니다. 아메리카노 두 잔을 시키면 한 잔을 공짜로 주는 이벤트라 하더군요. 저희 두 사람이 마시기에는 한 잔이 남는 거 같아서요. 어떻습니까? 시원한 아메리카노라도 한 잔 마시면서 머리도 식히는 것 또한 나쁘지 않을 거라 생각합니다만."

"……"

가벼운 농담식으로 제안해 보는 민철.

옆에 있던 남성진은 그런 농담 섞인 발언이 통할 것처럼 보이냐는 말이 바로 목구멍 언저리까지 왔지만, 그래도 초를 치고 싶진 않아서 꾹 참아낸다.

남성진이 인내심을 발휘한 보상이라도 되는 것일까.

"…그것도 좋겠군요."

류선국이 고개를 끄덕이며 이들과 잠시 어울려도 좋다는 의사를 표현한다.

여기까지는 그래도 무난하게 넘어왔다.

민철과 남성진, 두 사람을 문전박대했던 다른 3군데 연구 업체에 비해 여기는 양반이지 않을까 싶을 정도였다.

"그럼 가시죠."

"예."

민철이 앞장서며 먼저 연구소 바깥을 나서기 시작한다.

*　　*　　*

청진그룹 홍보팀 사무실.

대민을 대신해 한창 키보드를 두드리며 업무에 임하고 있던 도안의 스마트폰이 무음 상태로 반짝거리기 시작한다.

그러나 업무에 집중하고 있는 상태인지 눈치를 채지 못하는 도안.

그를 대신해 지나가던 유 실장이 넌지시 도안에게 말한다.

"문자 온 거 같은데?"

"네? 아… 그렇군요. 감사합니다."

"젊은 친구가 집중력도 참 좋아, 하하."

졸지에 유 실장으로부터 칭찬을 받게 된 도안이 스마트폰 액정 화면을 바라본다.

"…음?"

보자마자 살짝 고개를 갸우뚱하기 시작한다.

"왜 이런 문자를……."

이해가 되진 않지만, 그래도 자신의 도움이 필요한 거 같으면 언제든지 달려가는 남자, 그게 바로 도안 아니겠는가.

약간 의아한 점이 있다면…….

좀처럼 도안에게 도움의 손길을 구하지 않았던 사람이기도 한 이민철이 문자를 보내왔다는 점이 도안에게는 조금 놀라울 따름이었다.

*   *   *

류선국과 함께 연구소 건물을 나서는 민철과 성진.

그러나 이 세 명의 사람을 몰래 지켜보는 세력이 존재하고 있었다.

"역시… 큰형님 말씀대로입니다."

차 안에서 검은 선글라스를 착용한 채 말하는 남자를 향해 보조석에 있던 또 다른 남자가 혀를 차며 묻는다.

"타깃은?"

"근처 카페 머메이드로 이동 중입니다."

"누가 나왔지?"

"제가 알기론 류선국 팀장인 거 같습니다."

"하여튼 그 양반… 내가 그렇게나 청진그룹 쪽 사람들과 상종하지 말라 말을 해뒀건만, 내 말을 그냥 뒷구멍으로 처들었나 보군."

혀를 차면서 거친 언행을 보여주던 남자가 마음에 들지 않는다는 시선으로 류선국을 바라본다.

"그렇게나 정의로운 사람이 되고 싶은 모양인가 보죠."

뒷좌석에 앉아 있던 다른 남자가 너스레를 떨며 말한다.

하나 오히려 그의 말은 보조석에 앉은 남자의 심기를 건드릴 뿐이었다.

"아굴창을 확 째려 버릴라. 입 안 다무냐?"

"죄송합니다!"

곧장 사과에 임하는 뒷좌석 남자.

아무래도 보조석의 남자보다 아래쪽에 배치되어 있는 직급으로 보인다.

"어떻게 하시겠습니까, 형님?"

운전석에 앉은 남자가 자신의 옆에 있는 남자에게 질문을 던진다.

"어떻게 하긴."

보조석의 남자가 선글라스를 고쳐 쓰며 곧장 다른 이들에게 답변을 들려주기 시작한다.

"말이 안 통하면 폭력으로 해결을 보는 수밖에. 그게 우리만의 방식이었지 않냐."

＊　　＊　　＊

아침부터 민철의 문자를 받게 된 도안은 의구심을 품을 수밖에 없었다.

그의 고개를 갸우뚱하게 만든 문자의 내용은 바로 아래와 같았다.

―도안 씨, 더도 말고 덜도 말고 오후 5시에 회사에서 잠시 나와 제가 있는 위치까지 와주시기 바랍니다. 그 이후부터는 도안 씨의 재량껏 행동하시면 됩니다.

이 무슨 말도 안 되는 소리란 말인가.

5시까지 민철이 있는 곳까지 와달라는 건 그리 어려운 일이 아니다. 민철과 지내온 시간이 이제는 제법 되는지라 그가 지니고 있는 고유의 마나가 어떤 것인지 도안 정도면 제법 거리가 있다 하더라도 쉽게 눈치챌 수 있는 수준까지 도달했기 때문이다.

민철이 예전에 특정 사람을 찾기 위해 마나를 널리 퍼뜨리면서 레이더 수색망처럼 활용했던 것과 같이 하지 않아도 9클래스 마스터인 도안 정도라면 금방 민철의 위치를 알 수 있다.

위치만 알면 순간이동 또한 쉽다.

민철의 위치를 알게 된다는 뜻은, 다시 말해서 민철이 있는 좌표를 알게 된다는 것을 의미한다.

좌표만 안다면 순간이동도 문제가 없다.

여기까지는 충분히 이행할 수 있다.

그러나 중요한 건 그 뒷문장이다.

민철이가 있는 곳으로 와서 도안의 재량껏 행동하라는 내용이 영 거슬린다.

'이게 도대체 무슨 뜻이람.'

원래 민철이 수수께끼 같은 말을 잘 하는 사람이긴 하지만, 더더욱 가벼이 넘길 수 없는 건 이런 민철의 사소한 메시지 하나하나에 많은 의미가 담겨 있다는 것이다.

'분명 무언가 뜻이 있을 터인데…….'

아마 민철도 확신하지 못하기에 일부러 추상적인 메시지를 보낸 것이 아닐까 싶다.

*   *   *

자리를 잡자마자 대뜸 민철이 처음 했던 말은 바로 이것이었다.

"류 팀장님께 양심선언을 부탁드리고자 합니다."

순간 할 말을 잃은 류선국이 멍한 표정으로 민철을 바라보기 시작한다.

이 사람이 도대체 무슨 말을 하는 것인지 영문을 모르겠다는 듯한 그런 시선이었다.

하지만 민철은 여기서 끝낼 생각이 없는 모양인지 계속해서 말을 이어간다.

"강오선 측에서 딜이 들어왔다는 거, 잘 알고 있습니다."

"……!!"

이제야 민철이 무엇을 말하는 것인지 알 수 있게 된 류선국이 순간 헛숨을 들이삼키기 시작한다.

그와 동시에 민철은 방금 류 팀장이 보인 반응을 놓치지 않는다.

사실 강오선이 4군데의 연구 업체에게 딜을 한 것, 그리고 그것 때문에 연구 업체들이 단합을 하게 되었다는 건 순전히 민철의 추측에 불과했다.

물론 그게 꽤나 신빙성이 있는 추측이라는 건 남성진도 동의하는 바였지만, 그렇다고 직접 두 눈으로 확인한 것들도 아니었기 때문에 사실은 그게 정확한지 아닌지 두 사람도 확신할 수 없었다.

그러나 류선국의 방금 이 반응을 보고 남성진은 민철의 말이 사실임을 깨달을 수 있었다.

'역시 이 사람은…….'

남성진의 입장에선 그저 놀라움을 여과 없이 체험할 수밖에 없었다.

어찌 이리도 정확하게 모든 상황을 파악할 수 있을까.

하지만 포커페이스 하면 남성진 아니겠는가.

딱히 민철의 능력에 대해 감탄한 감정을 겉으로 표현하지 않으며 민철의 말에 귀를 기울일 뿐이었다.

"강오선 의원이 류 팀장님에게 주식을 빌미로 검사 결과가 나오는 시일을 늦춰달라 한 것도 얼추 알고 있습니다."

"그건……"

"제가 한 추측이 사실인지 아닌지를 확인하고자 이 자리를 마련한 게 아닙니다. 저희는 그저 류선국 팀장님께서 정말 진실의 편에 서길 원하신다면, 양심적으로 행동해 주시기를 부탁하고자 찾아온 것일 뿐입니다. 단지 그뿐입니다."

민철이 내밀 수 있는 카드는 정말 이게 전부다.

오로지 양심선언에 맡길 수밖에 없다.

물론 현실 가능성이 거의 제로에 가깝다는 건 민철도 잘 알고 있다.

견고한 철옹성을 상대로 고작해야 낡아빠진 투석기를 데리고 성을 공략해야 하는 기분이 들 정도다.

게다가 투석기도 워낙 낡은 탓에 제대로 돌덩이조차 던지지 못한다.

가지고 있어봤자 아무런 쓸모가 없는 공격 수단.

하지만…….

성문을 공략하는 건 외부에서 공격해 강제로 성문을 열게 하는 방법만이 존재하는 게 아니다.

민철이 할 수 있는 최고의 공격.

그것은 바로…….

항복을 권고하는 것이다!

"한경배 회장님, 그리고 한예지 양… 두 사람이 혈육 관계라는 건 아마 류 팀장님도 이미 잘 알고 계시지 않습니까."

"그건……."

"검사 결과 재확인이 늦어질 뿐이지, 이미 검사 결과는 나왔다고 생각합니다만."

"……."

구구절절 민철의 말이 옳다.

혹시 몰라 검사 결과를 다시 한 번 확인한다는 말을 했을 뿐이지, 검사 결과 자체가 딜레이된단 말뜻은 아니었다.

즉.

류선국 또한 한경배 회장과 한예지가 제대로 된 혈육 관계임을 이미 알고 있다는 것을 의미한다.

"두 사람의 혈육 관계를 부정하지 않으셨으면 합니다. 멀쩡히 진실이 존재하는데 그것을 고작해야 돈이라는 수단에 눈이 멀어 거짓으로 둔갑시키려 하는 것입니까? 류 팀장님은 오로지 뒷돈을 받아내기 위해 지금껏 공부해 오신 겁니까?"

"……."

"진실은 언젠가 세상에 드러날 수밖에 없습니다."

"하지만……."

중간에 말끝을 흐리기 시작하던 류 팀장이 약간의 두려움과 더불어 한 가지 오묘한 감정이 담긴 눈으로 민철을 바라본다.

그것은 다시 말해서.

용기였다.

"…저 또한 잘 알고 있습니다. 제가 하려는 짓이 연구원으로 서… 그리고 한 사람의 인간으로서 얼마나 잘못된 일인지 말이 죠. 진실을 은폐해 거짓으로 배를 채운다는 건… 이런 것 따위 를 하기 위해 학생 시절 때 밤을 지새워 가며 연구해 온 게 아 닙니다. 저도… 박사로서 자존심이 있단 말입니다!'

용기는 두려움을 물리칠 수 있는 가장 강력한 수단이다.

강오선 측에서 여러 가지 돈의 유혹을 받은 건 사실이다.

그러나 아직 해결해야 할 문제가 남아 있다.

"분명 녀석들이… 절 방해할 겁니다."

"녀석들? 그게 무슨 뜻이죠?'

남성진이 궁금증을 참지 못하며 묻는다.

그러나 그에 대한 대답을 들려준 것은 류선국이 아닌 바로 이민철이었다.

"조직폭력배가 연관되어 있나 보군요."

"……!!'

순간 류선국과 남성진이 민철을 뚫어져라 응시하기 시작

한다.

류선국은 어떻게 민철이 그 사실을 알고 있냐는 듯한 놀라움을.

그리고 남성진은 조직폭력배까지 대동한 강오선의 철저함과 치사함에 혀를 내두르며 반감을 표현한다.

"그 사람은 정말… 밑도 끝도 없는 남자군요."

남성진이 옅은 한숨을 내쉬며 혼잣말을 내뱉는다.

돈뿐만이 아니라 폭력이라는 수단으로 각 연구 업체들을 억압하고 있던 것이다.

"저희가 류 팀장님과 함께 이 카페에 오는 순간에도 녀석들은 우리를 감시하고 있었습니다."

"단순한 심증만으론 곤란합니다. 보다 확실한 증거가 있습니까?"

남성진이 냉정하게 따지듯 묻자 민철이 쉴 틈 없이 곧장 말을 이어간다.

"아까부터 주차되어 있던 차에 덩치 큰 남자 4명이 탑승한 채 우리들을 지켜보고 있었습니다. 아마 강오선과 뒷거래로 일시적인 협력 체제를 갖춘 조직폭력배 일원들이겠죠."

"…지금 당장 경찰에 알려야겠군요."

이들에게 괜한 위해를 가하면 곤란하다.

사태의 심각성을 파악한 남성진이 스마트폰을 꺼내려는 순간.

"그건 안 됩니다."

민철이 그의 행동을 만류한다.

"경찰에 신고하게 되면 모든 것이 물거품으로 돌아갑니다."

"물거품?"

도대체 무슨 소리를 하냐는 식으로 따지듯 묻는 성진을 향해 민철이 자신의 본심을 털어놓는다.

"저희는 지금 최악의 상황에 처함과 동시에 최고의 기회를 맞이한 것입니다."

"이해할 수 없군요. 조직폭력배 일원들에게 노려지고 있는데 최고의 기회를 맞이했다니……."

"간단합니다."

민철의 입가에 미소가 어리기 시작한다.

"강오선에게 강력한 반격을 가할 좋은 빌미를 얻게 될지도 모른다는 뜻입니다."

＊　　　＊　　　＊

카페에서 나온 뒤 곧장 장소를 뜨기 시작하는 이들.

연구소 건물 앞에 다다르게 된 류선국이 진심으로 걱정된다는 듯이 두 사람을 바라본다.

"그래도 혹시 모르니 경찰에……."

"아닙니다. 그보다도 류 팀장님께서는 그저 저희가 무사히 나와 강오선 측에 있는 그대로의 사실을 털어놓을 때, 더불어 힘을 실어주시기만 하면 됩니다. 그것만으로도 충분합니다."

"…알겠습니다."

결국 연구원으로서, 그리고 한 사람의 사회인이자 인간으로서 양심에 모든 것을 맡기기로 결심한 류선국이 고개를 끄덕인다.

물론 그렇다고 지금 당장 양심선언을 한다는 건 아니다.

어디까지나 민철이 이들에게 일러준 '계획'이 제대로 실행된다면, 그리고 계획이 성공한다면 그 순간 류선국 역시 이들에게 지원사격을 퍼부을 예정이다.

"일이 원만하게 잘 해결된다면 류 팀장님에게도 어느 정도 보수액이 갈 겁니다."

"하하… 전 더 이상 돈에 얽히고 싶은 생각 같은 건 없습니다. 그저 제가 하고 싶은 연구와 제 연구 결과에 사람들이 만족만 해주면 됩니다."

"그렇군요."

돈 때문에 그간 못 볼 꼴을 거의 다 보아온 류선국으로서는 이제 돈이라고 한다면 진절머리가 날 정도인가 보다.

하기사.

돈이 분명 사람을 현혹시키는 데에 강력한 수단임에는 틀림이 없으나……

'결코 만능은 아니지.'

그 사실을 잘 알고 있기에 민철은 류 팀장에게 양심선언을 강요할 수 있었던 것이다.

더러 류선국과 같은 인간이 존재한다.

돈보다도 명예, 그리고 인간과의 믿음과 신뢰를 추구하는 그런 양심적인 사람이.

류선국으로부터 협력 약속을 받아낸 것까지는 민철의 의도대로 잘 진행되었다.

이제 남은 것은 단 하나다.

"이봐, 거기 두 사람."

연구소 건물을 나오자마자 자연스럽게 민철과 성진을 포위하며 다가오는 검은 양복의 남자들.

"같이 좀 가주실까?"

"……"

이제부터가…….

진짜 게임의 시작이다.

『회사원 마스터』 7권에 계속…

초대형 24시 만화방

신간 100%, 샤워실, 흡연실, 수면실(침대석), 커플석, 세탁기 완비

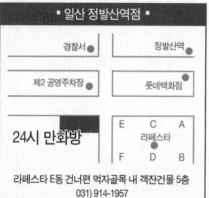
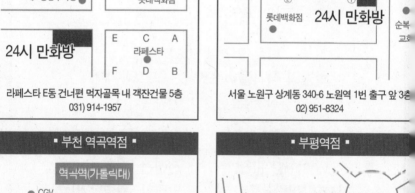
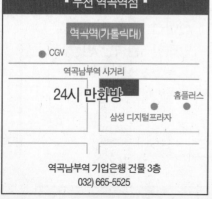

박선우 장편 소설
FUSION FANTASTIC STORY

PERFECT GAME 퍼펙트 게임

고통과 좌절의 시간들을 뛰어넘어
불사조처럼 일어나 세계를 제패한 사나이의 일대기.

대한민국을 넘어 메이저리그를 평정하며
명예의 전당에 헌정된 언터처블 투수, 이강찬.

강철 같은 어깨에서 뿜어져 나오는 그의 패스트볼은
무적이었으며 야구계에 길이 남을 **신화**였다.

야구만을 사랑했던 고독한 사나이.
그의 **퍼펙트게임**이 이제 시작된다!

가프 장편 소설

관상왕의
1번룸

FUSION FANTASTIC STORY

거대한 도시의 그늘에서 벌어지는
짜릿하고 통쾌한 이야기!

『관상왕의 1번룸』

텐프로의 진상 처리 담당, 홍 부장.
절망적인 삶의 끝에서 만난 남국의 바다는
그를 새로운 인생으로 인도하는데……

쾌락을 원하는 거부, 성공에 목마른 사업가,
그리고 실패로 절망한 사람들이여.

여기, 관상왕의 1번룸으로 오라!

Book Publishing CHUNGEORAM

현대 소환술사
THE MODERN SUMMONER
FUSION FANTASTIC STORY
현윤 퓨전 판타지 소설
하늘이 무너져도 솟아날 구멍은 있다!
드래곤의 실험으로 모진 고난을 겪어야 했던 레비로스!
우여곡절 끝에 소환술사가 되어 최강의 자리에 오르지만
운명은 그를 나락으로 떨어뜨린다.
『현대 소환술사』
다시 한 번 주어진 삶!
그러나 그마저도 암울하기 그지없는데…….
소환술사 레비로스의
인생 역전이 시작된다!
Book Publishing CHUNGEORAM
유행이 아닌 자유추구
www.chungeoram.com

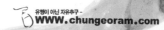